五南文庫 093

詞學通論

吳　梅◎著

五南圖書出版股份有限公司

五南文庫 093

詞學通論

作　　者　吳　梅
發 行 人　楊榮川
總 編 輯　王翠華
主　　編　蘇美嬌
封面設計　陳翰陞

出　　版　五南圖書出版股份有限公司
地　　址　106台北市和平東路二段339號4F
電　　話　（02）2705-5066
傳　　真　（02）2709-4875
劃撥帳號　01068953
戶　　名　五南圖書出版股份有限公司
網　　址　http://www.wunan.com.tw
電子郵件　wunan@wunan.com.tw
法律顧問　林勝安律師事務所　林勝安律師
出版日期　2016年12月初版一刷
定　　價　新台幣250元

國家圖書館出版品預行編目資料

詞學通論／吳梅著. -- 初版. -- 臺北市：五南,
2016.12
　面；公分
ISBN 978-957-11-8909-3（平裝）

1.詞

823　　105020437

寫於五南文庫發刊之際——

不信春風喚不回……

在各項資訊隨手可得的今日，回首過往書香繚繞情景，已不復見！網路資訊普及、媒體傳播入微，不意味人們的智慧能倍速增長，曾幾何時「知識」這堂課，也如速食一般，無法細細品味，只得囫圇嚥下！慣性的瀏覽讓知識無法恆久，資訊的光速致使大眾正在減少甚或停止閱讀。由古至今，聚精會神之於「閱」、頷首朗頌之於「讀」，此刻，正面臨新舊世代的考驗。

身為一個投入文化暨學術多年的出版老兵，對此與其說憂心，毋寧說更感慚愧。自身的成長，得益於前輩們戮力出版的各類知識典籍。而今，卻無法讓社會大眾再次感受到知識的力量、閱讀的喜悅、解惑的滿足，這是以傳播知識、涵養文化為天職的吾人不能不反躬自省之責。職此之故，特別籌畫發行「五南文庫」，以盡己身之綿薄。

文庫，傳自西方，多少帶著點啓迪社會大眾的味道，這是歷史發展使然。德國雷克拉姆出版社的「世界文庫」、英國企鵝出版社的「企鵝文庫」、法國伽利瑪出版社的「七星文庫」、日本岩波書店的「岩波文庫」及講談社的「講談社文庫」，為箇中翹楚，全球聞名。華人世界裡商務印書館的「人人文庫」、志文出版社的「新潮文庫」，也都風行一時，滋養了好幾世代的讀書人和知識分子。此刻，「五南文庫」的出版，不再僅止於啓蒙，而是要在眾聲喧嘩、浮躁不定的當下，闢出一方閱讀的淨（靜）土，讓社會大眾能體驗到可藉由閱讀沉澱思緒、安定心靈，進而掌握方向、海闊天空。

五南出版公司一直致力於推廣專業學術知識，「五南文庫」則從立足學術，進而面向大眾，以價廉但優質、厚實卻易攜帶的小開本型式，取代知識的「沉重與昂貴」，亦即將知識的巨大形象裝進讀者的隨身口袋，既甜美可口又和善親切。除了古今中外歷久彌新的名著經典，更網羅當代名家學者的心血力作，於傳統中展現新意，連結過去與現在。

人生是一種從無到有、從學習到傳承的不間斷過程。出版也同樣隨著人的成長而發生、思索、變化與持續，建構著一個從過去到未來的想像藍圖，從閱讀到理解、從學習到體會、從經驗到傳承、從實踐到想像。吾人以出版爲職責、爲承諾，正是希望能建構這樣的知識寶庫，希冀讓閱讀成爲大眾的一種習慣，喚回醇美而雋永的閱讀春風。

發行人 楊榮川

二〇〇八年六月

目錄

第一章　緒論

詞之爲學，意內言外，發始於唐，孳衍於五代，而造極於兩宋，調有定格，字有定音，實爲樂府之遺，故曰詩餘。惟齊梁以來，樂府之音節已亡，而一時君臣，尤喜別翻新調，如梁武帝之《江南弄》，陳後主之《玉樹後庭花》，沈約之《六憶詩》，已爲此事之濫觴。唐人以詩爲樂，七言律絕，皆付樂章，至玄、肅之間，詞體始定，李白〈憶秦娥〉，張志和〈漁歌子〉，其最著也。或謂詞破五七言絕句爲之，如〈菩薩蠻〉是。又謂詞之〈瑞鷓鴣〉即七律體，〈玉樓春〉即七古體，〈楊柳枝〉即七絕體，欲實詩餘之名，殊非確論。蓋開元全盛之時，即詞學權輿之日，「旗亭畫壁」，本屬歌詩，「陵闕西風」，亦承樂府，強分後先，終歸臆斷。自是以後，香山、夢得、仲初、幼公之倫，競相藻飾。「調笑轉應」之曲，「江南春去」之詞，上擬清商，亦無多讓。及飛卿出而詞格始成，《握蘭》、《金荃》，遠接騷辨，變南朝之宮體，揚北部之新聲。於是皇甫松、鄭夢復、司空圖、韓偓、張曙之徒，一時雲起，「楊柳」、「大堤」之句，「芙蓉」、「曲渚」之篇，自出機杼，彬彬稱盛矣。

作詞之難，在上不似詩，下不類曲，不淄不磷，立於二者之間。要須辨其氣韻。大抵空疏者作詞易近於曲，博雅者填詞不離乎詩，淺者深之，高者下之，處於才不才之間，斯詞之三昧得矣。惟詞中各牌，有與詩無異者，如〈生查子〉，何殊於五絕？〈小秦王〉、〈八拍蠻〉、〈阿那曲〉，何殊於七絕？此等詞頗難著筆，又須多讀古人舊作，得其氣味，去詩中習見辭語，便可避去。至於南北曲，與詞格不甚相遠，而欲求別於曲，亦較詩爲難。但曲之長處在雅俗互陳，又熟諳元人方言，不必以藻績爲能也。詞則曲中俗字，如「你」、「我」、「這廂」、「那廂」之類，固不可用，即襯貼字，如「雖則是」、「卻原來」等，亦當捨去。而最難之處，在上三下四對句，如史邦卿《春雨》詞云：「驚粉重蝶宿西園，喜泥潤燕歸南浦」，又「臨斷岸新綠生時，是落紅帶愁流處」，此詞中妙語也。湯臨川《還魂》云：「他還有念老夫詩句男兒，俺則有學母氏畫眉嬌女。又沒亂裏春情難遣，驀忽地懷人幽怨。」亦曲中佳處，然不可入詞。由是類推，可以隅反，不僅在詞藻之雅俗而已。宋詞中盡有俚鄙者，亟宜力避。

小令、中調、長調之目，始自《草堂詩餘》，後人因之，顧亦略云爾。《詞綜》所云，「以臆見分之，後遂相沿，殊屬牽強」者也。錢唐毛氏云：「五十八字以內爲小令，五十九字至九十字爲中調，九十一字以外爲長調，古人定例也。」此亦就《草堂》所分而拘執之，所謂定例，有何所據？若以少一字爲短，多一字爲長，必無是理。如〈七娘子〉有五十八字者，有六十字者，將爲小令乎，抑中調乎？如〈雪獅兒〉有八十九字者，有九十二字者，將爲中調乎，抑長調乎？此皆妄爲分析，無當於詞學也。況《草堂》舊刻，只有分類，並無小令、中調、長調之名。至嘉靖間，上海顧從敬刻《類編草堂詩餘》四卷，始有小令、中調、長調之目，是爲別本之始。何良俊序稱從敬家藏宋刻，較世所行本多七十餘調，明係依託。自此本行而舊本遂微，於是小令、中調、長調之分，至牢不可破矣。

詞中調同名異，如〔木蘭花〕與〔玉樓春〕，唐人已有之。至宋人則多取詞中辭語名篇，強標新目，如〔賀新郎〕爲〔乳燕飛〕，〔念奴嬌〕爲〔酹江月〕，〔水龍吟〕爲〔小樓連苑〕之類，此由文人好奇，爭相巧飾，而於詞之美惡無與焉。又有調異名同者，如〔長相思〕、〔浣溪沙〕、〔浪淘沙〕，皆有長調，此或清眞提舉大晟時所改易者，故周集中皆有之。此等詞牌，作時須依四聲，不可自改聲韻，緣捨此以外，別無他詞可證也。又如〔江月晃重山〕、〔江城梅花引〕、〔四犯剪梅花〕類，蓋割裂牌名爲之。此法南曲中最多，凡作此等曲，皆一時名手遊戲及之，或取聲律之美，或取節拍之和，如〔巫山十二峰〕、〔九回腸〕之目，歌時最爲耐聽故也。詞則萬不能造新名，僅可墨守成格。何也？曲之板式，今尙完備，苟能遍歌舊曲，不難自集新聲。詞則拍節既亡，字譜零落，強分高下，等諸面牆，間釋工尺，亦同向壁。集曲之法，首嚴腔格，亡佚若斯，萬難整理，此其一也。六宮十一調，所隸諸曲，管色既明，部署亦審，各宮互犯，確有成法。詞則分配宮調，頗有出入，管色高低，萬難懸揣，而欲匯集美名，別創新格，即非惑世，亦類欺人，此其二也。至於明清作者，輒喜自度腔，幾欲上追白石、夢窗，眞是不知妄作。又如許寶善、謝淮輩，取古今名調，一一被諸管弦，以南北曲之音拍，強誣古人，更不可爲典要，學者愼勿惑之。

沈伯時《樂府指迷》云：「音律欲其協，不協則成長短之詩。下字欲其雅，不雅則近乎纏令之體。用字不可太露，露則直突而無深長之味。發意不可太高，高則狂怪而失柔婉之意。」此四語爲詞學之指南，各宜深思也。夫協律之道，今不可知，但據古人成作，而勿越其規範，則譜法雖逸，而字格尙存，揆諸按譜之方，亦云弗畔。若夫〈纏令〉之體，本於樂府《相和》之歌，沿至元初，其法已絕，惟董詞所載，猶存此名。清代《大成譜》，備錄董詞，而於〈纏令〉格調，亦未深考，亡佚既久，可以不論。至用字發意，要歸蘊藉，露則意不稱辭，高則辭不達意，二者交譏，非作家之極軌也。故作詞能以清眞爲歸，斯用字發意，皆有法度矣。

詠物之作，最要在寄託。所謂寄託者，蓋借物言志，以抒其忠愛綢繆之旨。《三百篇》之比興，《離騷》之香草美人，皆此意也。沈伯時云：「詠物須時時提調，覺不分曉，須用一兩件事印證方可。如清眞《詠梨花》〈水龍吟〉第三、第四句，須用『樊川』、『靈關』事，又『深閉門』及『一枝帶雨』事，覺後段太寬。

又用『玉容』事，方表得梨花。若全篇只說花之白，則是凡白花皆可用，如何見得是梨花？」（見《樂府指迷》）按伯時此說，僅就運典言之，尚非賦物之極則，且其弊必至探索隱僻，滿紙讕言，豈詞家之正法哉！惟有寄託，則辭無泛設，而作者之意，自見諸言外，朝市身世之榮枯，且於是乎覘之焉。如碧山《詠蟬》（齊天樂），「宮魂」、「餘恨」，點出命意。「乍咽涼柯，還移暗葉」，慨播遷之苦。「西窗」三句，傷敵騎暫退，燕安如故。「鏡暗妝殘，爲誰嬌鬢尚如許」二語，言國土殘破。而「修容飾貌，側媚依然。衰世臣主，全無心肝」，千古一轍也。「銅仙」三句，言宗器重寶，均被遷奪，澤不下逮也。「病翼」二句，更痛哭流涕，大聲疾呼，言海島棲遲，斷不能久也。「餘音」三句，遺臣孤憤，哀怨難論也。「漫想」二句，責諸臣苟且偷安，視若全盛也。如此立意，詞境方高。顧通首皆賦蟬，初未逸出題目範圍，使直陳時政，又非詞家口吻。其他賦白蓮之（水龍吟），賦綠陰之（瑣窗寒），皆有所託，非泛泛詠物也。會得此意，則綠蕪臺城之路，斜陽煙柳之思，感事措辭，自然超卓矣。（碧山此詞，張皋文、周止庵輩，皆有論議。餘本端木子疇說詮釋之，較爲確切。他如白石（暗香）、（疏影）二首，亦寄時事，惟語意隱晦，儀「江國正寂寂。嘆寄與路遙，夜雪初積」數語，略明顯耳。故不具論。）

沈伯時云：「前輩好詞甚多，往往不協律腔，所以無人唱和。秦樓、楚館之詞，多是教坊樂工及鬧井做賺人所作，只緣音律不差，故多唱之，求其下語用字，全不可讀，甚至詠月卻說雨，詠春卻說涼。」（《樂府指迷》）余按此論出於宋末，已有不協腔律之詞，何況去伯時數百年，詞學衰熄如今日乎？紫霞論詞，頗嚴協律，然協律之法，初未明示也。近二十年中，如漚尹、夔笙輩，輒取宋人舊作，校定四聲，通體不改易一音。如〈長亭怨〉依白石四聲，〈瑞龍吟〉依清眞四聲，〈鶯啼序〉依夢窗四聲。蓋聲律之法無存，制譜之道難索，萬不得已，寧守定宋詞舊式，不致偭越規矩，顧其法益密，而其境益苦矣。（余按定四聲之法，實始於蔣鹿潭。其《水雲樓詞》，如〈霓裳中序第一〉、〈壽樓春〉等，皆謹守白石、梅溪定格，已開朱、況之先路矣。）余謂小詞如〈點絳唇〉、〈卜算子〉類，凡在六十字下者，四聲盡可不拘。一則古人成作，彼此不符；二則南曲引子，多用小令，上去出入，亦可按歌，固無須斤斤於此，若夫長調，則宋時諸家，往往遵守，吾人操管，自當確從，雖難付管絲，而典型俱在，亦告朔餼羊之意。由此言之，明人之自度腔，實不知妄作，吾更不屑辨焉。

楊守齋《作詞五要》，第四云：「要隨律押韻。如越調〈水龍吟〉、商調〈二郎神〉，皆用平入聲韻。古詞俱押去聲，所以轉折怪異，成不祥之音。昧律者反稱賞之，眞可解頤而啓齒也。」守齋名續，周草窗《蘋洲漁笛譜》中所稱紫霞翁者即是。嘗與草窗論五凡工尺義理之妙，未按管色，早知其誤，草窗之詞，皆就而訂正之。玉田亦稱其持律甚嚴，一字不苟作，觀其所論可見矣。戈順卿又從其言推廣之，於學詞者頗多獲益。其言曰：「詞之用韻，平仄兩途。而有可以押平韻，又可以押仄韻者，正自不少其所謂仄，乃入聲也。如越調又有〈霜天曉角〉、〈慶春宮〉，商調又有〈憶秦娥〉，其餘則雙調之〈慶佳節〉，高平調之〈江城子〉，中呂宮之〈柳梢青〉，仙呂宮之〈望梅花〉、〈聲聲慢〉，大石調之〈看花回〉、〈兩同心〉，小石調之〈南歌子〉，用仄韻者，皆宜入聲。〈滿江紅〉有入南呂宮者，有仙呂宮者。入南呂宮者，即白石所改平韻之體，而要其本用入聲，故可改也。外此又有用仄韻，而必須入聲者，則如越調之〈丹鳳吟〉、〈大酺〉，越調犯正宮之〈蘭陵王〉，商調之〈鳳凰閣〉、〈三部樂〉、〈霓裳中序第一〉、〈應天長慢〉、〈西湖月〉、〈解連環〉，黃鐘宮之〈侍香金童〉、〈曲江秋〉，黃鐘商之〈琵琶仙〉，雙調之〈雨霖鈴〉，仙呂宮之〈好事近〉、〈蕙蘭芳引〉、〈六么令〉、〈暗香〉、〈疏影〉，仙呂犯商調之〈淒涼犯〉，正平調之〈淡黃柳〉，無射宮之〈惜紅衣〉，中呂宮之〈尾犯〉，中呂商之〈白苧〉，夾鐘羽之〈玉京秋〉，林鐘商之〈一寸金〉，南呂商之〈浪淘沙慢〉，此皆宜用入聲韻者，勿概之曰仄，而用上去也。其用上去之調，自是通協，而亦稍有差別。如黃鐘商之〈秋宵吟〉，林鐘商之〈清商怨〉，無射商之〈魚游春水〉，宜單押上聲。仙呂調之〈玉樓春〉，中呂調之〈菊花新〉，雙調之〈翠樓吟〉，宜單押去聲。複有一調中必須押上，必須押去之處，有起韻結韻，互皆押上，宜皆押去之處，不能一一臚列。」（《詞林正韻．發凡》）順卿此論，可云發前人所未發，應與紫霞翁之言相發明。作者細加考核，隨律押韻，更隨調擇韻，則無轉折怪異之病矣。

擇題最難。作者當先作詞，然後作題，除詠物、贈送、登覽外，必須一一細討，而以妍雅出之，又不可用四六語（間用偶語亦不妨）。要字字秀冶，別具神韻方妙。至如有感、即事、漫興、早春、初夏、新秋、初冬等類，皆選家改易舊題，別標一二字爲識，非原本如是也。《草堂詩餘》諸題，皆坊人改易，切不可從。學者作題，應從石帚、草窗。石帚題，如〈鷓鴣天〉「予與張平甫自南昌同遊」云云，〈浣溪沙〉「予女須家沔之山陽」云云，〈霓裳中序第一〉「丙午歲留長沙」云云，〈慶宮春〉「紹熙辛亥除夕，予別石湖」云云，〈齊天樂〉「丙辰歲，與張功甫會飲張達可之堂」云云，〈一萼紅〉「丙午人日，予客長沙別駕之觀政堂」云云，〈念奴嬌〉「予客武陵，湖北憲治在焉」云云；草窗題，如〈渡江雲〉「丁卯歲末除三日」云云，〈采綠吟〉「甲子夏，霞翁會吟社諸友」云云，〈曲遊春〉

「禁煙湖上薄遊」云云，〔長亭怨〕「歲丙午丁未，先君子監州太末」云云，〔瑞鶴仙〕「寄閑結吟臺」云云，〔齊天樂〕「丁卯七月既望」云云，〔乳燕飛〕「辛未首夏以書舫載客」云云，敘事寫景，俱極生動，而語語研煉，如讀《水經注》，如讀「柳州遊記」，方是妙題，且又得詞中之意。撫時感事，如與古人晤對（清眞、夢窗詞題至簡，平生事實，無從討索，亦詞家憾事），而平生行誼，即可由此考見焉。若通本皆書感、漫興，成何題目？

意之曲者詞貴直，事之順者語宜逆，此詞家一定之理。千古佳詞，要在使人可解。嘗有意極精深，詞涉隱晦，翻繹數過，而不得其意之所在者，此等詞在作者固有深意，然不能日叩玄亭，問此盈篇奇字也。近人喜學夢窗，往往不得其精，而語意反覺晦澀。此病甚多，學者宜留意。

第二章　論平仄四聲

平仄一道，童孺亦知之，惟四聲略難，陰陽聲則尤難耳。詞之爲道，本合長短句而成，一切平仄，宜各依本調成式。五季兩宋，創造各調，定具深心。蓋宮調管色之高下，雖立定程，而字音之開齊撮合，別有妙用。倘宜平而仄，或宜仄而平，非特不協於歌喉，抑且不成爲句讀。昔人制腔造譜，八音克諧，今雖音理失傳，而字格俱在。學者但宜依仿舊作，字字恪遵，庶不失此中矩矱。凡古人成作，讀之格格不上口，拗澀不順者，皆音律最妙處。張綖《詩餘圖譜》遇拗句即改爲順適，無怪爲紅友所譏也。拗調澀體，多見清眞、夢窗、白石三家。清眞詞如〈瑞龍吟〉之「歸騎晚，纖纖池塘飛雨」，〈憶舊遊〉之「東風竟日吹露桃」，〈花犯〉之「今年對花太匆匆」；夢窗詞如〈鶯啼序〉之「快展曠眼，傍柳繫馬」，〈西子妝〉之「一箭流光，又趁寒食去」，〈霜花腴〉之「病懷強寬，更移畫船」；白石詞如〈滿江紅〉之「正一望千頃翠瀾」，〈暗香〉之「江國正寂寂」，〈凄涼犯〉之「怕匆匆，不肯寄與誤後約」，〈秋宵吟〉之「今夕何夕恨未了」，此等句法，平仄拗口，讀且不順，而欲出辭爾雅，本非易易，顧不得輕易改順也。雖然，平仄之道，僅只兩途，而仄有上、去、入三種，又不可遇仄而概以三聲統塡也。一調之中，可以統用者，十之六七，不可統用者，十之三四，須斟酌穩愜，方能下字無疵，於是四聲之說起矣。蓋一調有一調之風度聲響，若上去互易，則調不振起，便有落腔之弊。黃九煙論曲，有「三仄應須分上去，兩平還要辨陰陽」之句，塡詞何獨不然？如〔齊天樂〕有四處必須用去上聲，清眞詞「雲窗靜掩」、「露螢清夜照書卷」、「憑高眺遠」、「但愁斜照斂」是也。此四句中，如「靜掩」、「眺遠」、「照斂」，萬不可用他聲。故此詞切忌用入韻，雖入可作上，究不相宜。又〔夢芙蓉〕亦有五處必須去上聲。夢窗詞「西風搖步綺」、「應紅綃翠冷，霜挽正慵起」、「仙雲深路杳，城影蘸流水」是也。「步綺」、「翠冷」、「正起」、「路杳」、「蘸水」，亦萬不可用他聲。此詞亦忌入韻。又〔眉嫵〕，亦有三處用去上聲，白石詞「信馬青樓去」、「翠尊共款」、「亂紅萬點」是也。中如「信馬」、「共款」、「萬點」，亦不可用他聲。至如〔蘭陵王〕之多仄聲字，〔壽樓春〕之多平聲字，又當一一遵守，不得混用上、去、入三聲也。此法在詞中雖至易曉，但所以必要遵守之理，實由發調。余嘗作南曲〔集賢賓〕，據舊譜首句云：「西風桂子香正幽」，用平平去上平去平，歷按各家傳作，如《西樓》云：「愁魔病鬼朝露捐」，《長生殿》云：「秋空夜永碧漢清」，皆守則誠格式。因戲改四聲作之云「烽煙古道人懶游」，此「懶」字必須落下，而此處卻宜高揭，遂至字頓喉間，方知舊曲中如「博山雲裊雞舌焚，尋常杏花難上頭」類，歌時轉捩怪異，拗折嗓子也。因曲及詞，其理本同。清詞名家，惟陳實庵、沈閨生、蔣鹿潭能合四聲，餘皆不合律式。清初諸家，如陳迦陵、納蘭容若、曹溶輩，且不足以語此也。蓋上聲舒徐和軟，其腔低，去聲激厲勁遠，其腔高，相配用之，方能抑揚有致。大抵兩上兩去，法所當避，陰陽間用，最易動聽。試觀方千里和清眞詞，於用字去上之間，一守成式，可知古人作詞之嚴矣。萬紅友云：「名詞轉折跌蕩處，多用去聲。」此語深得倚聲三昧。蓋三仄之中，入可作平，上界平仄之間，去則獨異，且其聲由低而高，最宜緩唱，凡牌名中應用高音者，皆宜用此。如堯章〈揚州慢〉「過春風十里」、「自胡馬窺江去後」、「漸黃昏，清角吹寒」，凡協韻後轉折處皆用去聲，此首最爲明顯。他如〈長亭怨慢〉「樹若有情時」、「望高城不見」、「第一是早早歸來」、「算空有並刀」，〈淡黃柳〉之「看盡鵝黃嫩綠」、「怕梨花落盡成秋色」，其領頭處，無一不用去聲者，無他，以發調故也。此意爲昔人所未發，紅友亦言之不詳，因特著之。

入聲之協三聲，《中原音韻》《菉斐軒詞林韻釋》即備列之矣。但入作三聲，僅有七部，支微、魚虞、皆來、蕭豪、歌戈、家麻、尤侯諸部是也。然此是曲韻，於詞微有不合。就詞韻論，當分八部，以屋、沃、燭爲一部，覺、藥、鐸爲一部，質、櫛、迄、昔、錫、職、德、緝爲一部，術、物爲一部，陌、麥爲一部，沒、曷、末爲一部，月、黠、舝、屑、薛、葉、帖爲一部，合、盍、業、洽、狎、乏爲一部。如此分合，較戈氏《詞林正韻》爲當矣。其派作三聲處，仍據高安舊例，分隸前列七部之內，則入作三聲，亦一覽而知（詳後《論韻》篇），此其大較也。惟古人用入聲字，其協韻處，固不外七部之例。如晏幾道〈梁州令〉「莫唱陽關曲」，「曲」字作邱雨切，協魚虞韻。柳永〈女冠子〉「樓臺悄似玉」，「玉」字作於句切，又〈黃鶯兒〉「暖律潛催幽谷」，「谷」字作公五切，皆協魚虞韻。辛棄疾〈醜奴兒慢〉「過者一霎」，「霎」字作始鮓切，協家麻韻。張炎〈西子妝慢〉「遙岑寸碧」，「碧」字作邦彼切，協支微韻。又〈征招〉換頭「京洛染緇塵」，「洛」字須韻，作郎到切，協蕭豪韻。此與曲韻無所分別。至如句中用入，派作三聲處，則大有不同。大抵詞中入聲協入三聲之理，與南曲略同，不能謹守菉斐所派三聲之例。如歐詞〈摸魚子〉「恨人去寂寂，風枕孤難宿」，「寂寂」協精妻切。蘇軾〈行香子〉「酒斟時須滿十分」，周邦彥〈一寸金〉「便入漁釣樂」，「十」、「入」二字協繩知切。秦觀〈望海潮〉「金谷俊遊」，「谷」協公五切。又〈金明池〉「才子倒玉山休訴」，「玉」協語居切。姜夔〈暗香〉「舊時月色」，「月」協胡靴切。諸如此類，不可盡數。而按諸菉斐舊律，或有未盡合者，此不得責訂韻者之誤，亦不可責塡詞者之非也。蓋入聲協韻處，其派入三聲，本有定法，某字作上，某字作平，某字作去，一定不易，僅宗高安、菉斐二家，亦可勿畔。至於句中入聲字，嚴在代平，其作上去，本不多見。詞家用仄聲處，本合上、去、入三聲言之，即使不作去上，直讀本聲，亦無大礙。故句中入字，協作三聲，實無定法，既可作平，亦可上去，但須辨其陰陽而已。如用「十」字，其在平聲格，固必須協繩知切，讀若池音；苟在仄聲格，上則作去，可作本字入聲讀，亦無不可。所謂詞中之仄，本上、去、入三聲統用也。故學者遇入作三聲時，宜注意作平之際者，即此故也。又詞有必須用入之處，不得易用上去者，如〈法曲獻仙音〉首二句「虛閣籠寒，小簾通月」，「閣」、「月」宜入。〈淒涼犯〉首句「綠楊巷陌」，「綠」、「陌」宜入。〈夜飛鵲〉「斜月遠墮餘輝，兔葵燕麥」，「月」、「麥」宜入。〈霜葉飛〉換頭「斷闋經歲慵賦」，〈瑞龍吟〉「愔愔坊陌人家」、「侵晨淺約宮黃」、「吟箋賦筆」，「陌」、「約」、「筆」宜入。〈憶舊遊〉末句「千山未必無杜鵑」，「必」字宜入。詞中類此頗多，蓋入聲字重濁而斷，詞中與上去間用，有止如槁木之致。今南曲中遇入聲字，皆重讀而作斷腔，最為美聽。以詞例曲，理本相同，雖譜法亡逸，而程式尚存，故當斷斷謹守之也。戈氏詞韻，於入聲字分為五部，雖失之太寬，而分派三聲，仍分列各部之下，眉目既晰，而所分平、上、去三聲，亦按圖可索，學者稱便利。且派作三聲者，皆有切音，使人知有限度，不能濫施自便，尤有功於詞學，非淺鮮矣。

第三章　論韻

詞之有韻，所以諧節奏，調起畢也。是以多取同音，弗畔宮律，吐字開閉，畛域綦嚴。古昔作者，嚴於律度，尋聲按譜，不逾剁刌。其時詞韻，初無專書，而操觚者出入陰陽，動中竅奧，蓋深知韻理，方詣此境，非可望諸後人也。韻書最初莫如朱希眞作《應制詞韻》十六條，其後張輯釋之，馮取洽增之。至元陶宗儀，曾譏其混淆，欲爲更定，而其書久佚，無從揚榷矣。紹興間，刻《菉斐軒詞林要韻》一冊，樊榭曾見之。其論詞絕句，有「欲呼南渡諸公起，韻本重雕菉斐軒」之句，後果爲江都秦氏刻入《詞學全書》中，即今通行之本。詞韻之書，此爲最古矣。惟近人皆疑此書爲北曲而設，又有謂元明之季僞託者，今不備論。自是而沈謙之《詞韻略》、趙鑰之《詞韻》、李漁之《詞韻》、胡文煥之《文會堂詞韻》、許昂霄之《詞韻考略》、吳烺之《學宋齋詞韻》，純駁不一，殊難全璧。至戈載《詞林正韻》出，作者始有所依據。雖其中牴牾之處，或未能免，而近世詞家，皆奉爲令典，信而不疑也。夫塡詞用韻，大抵平聲獨押，上去通押。故凡作詞韻者，俱總合三聲分部，而中又明分平仄。至於入聲，無與平上去統押之理，故入聲須另立部目，不得如曲韻之例，分配三聲以外，不再專立韻目，如《中原音韻》、《中州全韻》諸書也。

今先論諸韻。收聲字音，不轉收別韻，並不受別韻轉收者，支時、家麻、歌羅是也。轉收別韻，不受別韻轉收者，皆來轉齊微，蕭豪轉魚模，幽尤轉魚模是也。不轉收別韻，但受別韻轉收者，齊微受皆來轉，魚模受蕭豪轉是也。收鼻音者，東同、江陽、庚亭三韻是也。收閉口音者，侵尋、監咸、纖廉三韻是也。收音時舌齶相抵，而略似鼻音，略似閉口者，眞文、寒山、先田三韻是也。韻之與音，其關係如此。昔人謂皆來收齊微處，音如衣；蕭豪收魚模處，音如烏；東同收鼻音處，音如翁；江陽、庚亭二韻收鼻音處，又與東同小異，此說最精。惟所論不備，因詳述如右。次論分韻標目。詞韻與曲韻，須知有不同之處。曲中如寒山、桓歡分爲兩部，家麻、車遮亦分爲二，詞則通用，不相分別。且四聲缺入聲，而詞則明明有必須用入之調。故曲韻不可用爲詞韻也。至標目，則參酌戈載《正韻》、沈謙《韻略》二書，並列其目。（韻目用《廣韻》）

第一部：平一東　二冬　三鍾
　　上一董　二腫
　　去一送　二宋　三用

第二部：平四江　十陽　十一唐
　　上三講　二十六養　三十七蕩
　　去四絳　四十一漾　四十二宕

第三部：平三支　六脂　七之　八微　十二齊
十五灰
上四紙　五旨　六止　七尾　十一薺
十四賄
去五寘　六至　七志　八未　十二霽
十三祭
十四太半　十八隊　二十廢

第四部：平九魚　十虞　十一模
上八語　九噳　十姥
去九御　十遇　十一暮

第五部：平十三佳半　十四皆　十六咍
上十二蟹　十三駭　十五海
去十四太半　十五卦半　十六怪　十七夬
十九代

第六部：平十七眞　十八諄　十九臻　二十文
二十一欣

二十三魂　二十四痕

上十六軫　十七准　十八吻　十九隱

二十一混

二十二很

去二十一震　二十二稕　二十三問

二十四焮

二十六慁　二十七恨

第七部：平二十二元　二十五寒　二十六桓

二十七刪

二十八山　一先　二仙

上二十阮　二十三旱　二十四緩　二十五潸

二十六產　二十七銑　二十八獮

去二十五願　二十八翰　二十九換　三十諫

三十一襇　三十二霰　三十三線

第八部：平三蕭　四宵　五肴

上二十九篠　三十小　三十一巧　三十二晧

去三十四嘯　三十五笑　三十六效

三十七號

第九部：平七歌　八戈

上三十三哿　三十四果

去三十八箇　三十九過

第十部：平十三佳半　九麻

上三十五馬

去十五卦半　四十禡

第十一部：平十二庚　十三耕　十四清　十五青

十六蒸　十七登

上三十八梗　三十九耿　四十靜

四十一迥

四十二拯　四十三等

去四十三映　四十四諍　四十五勁

四十六徑

四十七證　四十八澄

第十二部：平十八尤　十九侯　二十幽

上四十四有　四十五厚　四十六黝

去四十九宥　五十候　五十一幼

第十三部：平二十一侵

上四十七寑

去五十二沁

第十四部：平二十二覃　二十三談　二十四鹽

二十五添

二十六咸　二十七銜　二十八嚴

二十九凡

上四十八感　四十九敢　五十琰

五十一忝

五十二儼　五十三豏　五十四檻

五十五范

去五十三勘　五十四闞　五十五豔

五十六㮇

五十七釅　五十八陷　五十九鑑　六十梵

第十五部：入一屋　二沃　三燭

第十六部：四覺　十八藥　十九鐸

第十七部：五質　七櫛　九迄　二十二昔　二十三錫

二十四職　二十五德　二十六緝

第十八部：六術　八物

第十九部：二十陌　二十一麥

第二十部：十一沒　十二曷　十三末

第二十一部：十月　十四黠　十五鎋　十六屑　十七薛

二十九葉　三十帖

第二十二部：二十七合　二十八盍　三十一洽

三十二狎

三十三業　三十四乏

右韻二十二部，不守高安舊例，大抵仍用戈氏分部。而入聲則分八部，蓋術、物二韻，與平上去之魚、模、語、麌等，未便與質櫛等同列。陌、麥又隸屬於皆來，沒、曷、末亦屬於歌羅，故陌、麥不能與昔、櫛同協，沒、曷、末不能與黠、屑同協。戈氏合之，未免過寬，余故重爲訂核焉。

夫詞中協韻，惟上去通用，平入二聲，絕不相混。有必用平韻者，有必用入韻者，《菉斐》無入，故疑爲曲韻。沈去矜、李笠翁輩，分列入韻，妄以鄉音分析，尤爲不經，且以二字標目，實襲曲韻之舊。夫曲韻之以二字標目，蓋一陰一陽也。今沈韻中之屋、沃，李韻中之支、紙、寘、圍、委、未，奇、起、氣，此何理也？高安所列東、鐘、支、思等目，後人且有議之者矣。今不用《廣韻》舊目，任取韻中一二字標題，而又不盡合陰陽之理，好奇炫異，又何爲也？當戈韻未出以前，詞家奉爲金科玉律者，莫如吳烺、程名世等所著之《學宋齋詞韻》。是書以學宋爲名，宜其是矣。乃所學者，皆宋人誤處。眞、諄、臻、文、欣、魂、痕、庚、耕、清、青、蒸、登、侵皆同用。元、寒、桓、刪、山、先、仙、覃、談、監、沾、嚴、咸、銜、凡又皆並用。入聲則術、物入質、櫛韻，合、盍、洽、乏入月、屑韻。此皆濫通無緒，不可爲法。且字數太略，音切又無分合，半通之韻，則臆斷之，去上兩見之字，則偏收之。種種疏繆，不可殫述，貽誤後學，莫此爲甚，遠不及戈韻多矣。余故仍守戈氏之例，而於入聲則較嚴云。

韻有開口、閉口之分。第二部之江、陽，第七部之元、寒，此開口音也；第十三部之侵，第十四部之覃、談，此閉口音也，最爲顯露，作者不致淆亂。所易混者，第六部之真、諄，第十一部之庚、耕，第十三部之侵，即宋詞中亦有牽連混合者。張玉田《山中白雲詞》，至多此病。如〈瑣窗寒〉之「亂雨敲春」，〈摸魚子〉之「憑高露飲」，〈鳳凰臺上憶吹簫〉之「水國浮家」，〈滿庭芳〉之「晴皎霜花」，〈憶舊遊〉之「問蓬萊何處」，皆混合不分。於是學者謂名手如玉田，猶不斷於此，不妨通融統協，以寬韻腳。不知此三韻本非窄韻，即就本韻選字，已有餘裕，何必強學古人誤處，且爲之文過飾非也。即以詩論，此三韻亦無通押之理，何況拘守音律之長短句哉？其他第七部與第十四部韻，詞中亦有通假者，此皆不明開閉口之道，而復自以爲是，避難就易也。韻學之弊有四：淺學之士，妄選韻書，重誤古人，貽誤來學，其弊一也；次則蹇於牙吻，囿於偏方，雖稍窺古法，而吐咳不明，音注之間，毫釐千里，其弊二也；又有妄作之徒，不知稽古，孟浪押韻，其弊三也；才劣而口給者，操觚之際，利趁口而畏引繩，故樂就三弊，且爲之張幟，其弊四也。余故嚴別町畦，爲學者導，能不越此韻式，庶可言詞矣。

第四章　論音律

音者何？宮、商、角、徵、羽、變宮、變徵七音也。律者何？黃鐘、大呂、太簇、夾鐘、姑洗、中呂、蕤賓、林鐘、夷則、南呂、無射、應鐘之十二律也。以七音乘十二律，則得八十四音。此八十四音，不名曰音，別名曰宮調。何謂宮調？以宮音乘十二律，名曰宮，以商、角、徵、羽、變宮、變徵乘十二律，名曰調。故宮有十二，調有七十二。表如下：

㈠（十二宮表）

	（正名）	（俗名）
宮乘黃鐘	黃鐘宮	正黃鐘宮
宮乘大呂	大呂宮	高宮
宮乘太簇	太簇宮	中管高宮
宮乘夾鐘	夾鐘宮	中呂宮
宮乘姑洗	姑洗宮	中管中呂宮
宮乘中呂	中呂宮	道宮
宮乘蕤賓	蕤賓宮	中管道宮
宮乘林鐘	林鐘宮	南呂宮
宮乘夷則	夷則宮	仙呂宮
宮乘南呂	南呂宮	中管仙呂宮

宮乘無射	無射宮	黃鐘宮
宮乘應鐘	應鐘宮	中管黃鐘宮

㈡

（十二商表）	（正名）	（俗名）
商乘黃鐘	黃鐘商	大石調
商乘大呂	大呂商	高大石調
商乘太簇	太簇商	中管高大石調
商乘夾鐘	夾鐘商	雙調
商乘姑洗	姑洗商	中管雙調
商乘中呂	中呂商	小石調
商乘蕤賓	蕤賓商	中管小石調
商乘林鐘	林鐘商	歇指調
商乘夷則	夷則商	商調
商乘南呂	南呂商	中管商調
商乘無射	無射商	越調
商乘應鐘	應鐘商	中管越調

(三)(十二角表)	(正名)	(俗名)
角乘黃鐘	黃鐘角	正黃鍾宮角
角乘大呂	大呂角	高宮角
角乘太簇	太簇角	中管高宮角
角乘夾鐘	夾鐘角	中呂正角
角乘姑洗	姑洗角	中管中呂角
角乘中呂	中呂角	道宮角
角乘蕤賓	蕤賓角	中管道宮角
角乘林鐘	林鐘角	南呂角
角乘夷則	夷則角	仙呂角
角乘南呂	南呂角	中管仙呂角
角乘無射	無射角	黃鐘角
角乘應鐘	應鐘角	中管黃鐘角

(四)(十二變徵表)	(正名)	(俗名)
變徵乘黃鐘	黃鐘變徵	正黃鐘宮變徵
變徵乘大呂	大呂變徵	高宮變徵

變徵乘太簇	太簇變徵	中管高宮變徵
變徵乘夾鐘	夾鐘變徵	中呂變徵
變徵乘姑洗	姑洗變徵	中管中呂變徵
變徵乘中呂	中呂變徵	道宮變徵
變徵乘蕤賓	蕤賓變徵	中管道宮變徵
變徵乘林鐘	林鐘變徵	南呂變徵
變徵乘夷則	夷則變徵	仙呂變徵
變徵乘南呂	南呂變徵	中管仙呂變徵
變徵乘無射	無射變徵	黃鐘變徵
變徵乘應鐘	應鐘變徵	中管黃鐘變徵

㈤

（十二徵表）	（正名）	（俗名）
徵乘黃鐘	黃鐘徵	正黃鐘宮正徵
徵乘大呂	大呂徵	高宮正徵
徵乘太簇	太簇徵	中管高宮正徵
微乘夾鐘	夾鐘徵	中呂正徵
徵乘姑洗	姑洗徵	中管中呂正徵

徵乘中呂	中呂徵	道宮正徵
徵乘蕤賓	蕤賓徵	中管道宮正徵
徵乘林鐘	林鐘徵	南呂正徵
徵乘夷則	夷則徵	仙呂正徵
徵乘南呂	南呂徵	中管仙呂正徵
徵乘無射	無射徵	黃鐘正徵
徵乘應鐘	應鐘徵	中管黃鐘正徵

㈥

（十二羽表）	（正名）	（俗名）
羽乘黃鐘	黃鐘羽	般涉調
羽乘大呂	大呂羽	高般涉調
羽乘太簇	太簇羽	中管高般涉調
羽乘夾鐘	夾鐘羽	中呂調
羽乘姑洗	姑洗羽	中管中呂調
羽乘中呂	中呂羽	正平調
羽乘蕤賓	蕤賓羽	中管正平調
羽乘林鐘	林鐘羽	高平調

羽乘夷則	夷則羽	仙呂調
羽乘南呂	南呂羽	中管仙呂調
羽乘無射	無射羽	羽調
羽乘應鐘	應鐘羽	中管羽調

(七)

（十二變宮表）	（正名）	（俗名）
變宮乘黃鐘	黃鐘變宮	大石角
變宮乘大呂	大呂變宮	高大石角
變宮乘太簇	太簇變宮	中管高大石角
變宮乘夾鐘	夾鐘變宮	雙角
變宮乘姑洗	姑洗變宮	中管雙角
變宮乘中呂	中呂變宮	小石角
變宮乘蕤賓	蕤賓變宮	中管小石角
變宮乘林鐘	林鐘變宮	歇指角
變宮乘夷則	夷則變宮	商角
變宮乘南呂	南昌變宮	中管商角
變宮乘無射	無射變宮	越角
變宮乘應鐘	應鐘變宮	中管越角

右八十四宮調，第一表爲宮，二、三、四、五、六、七表爲調。此但論律之排列，未及音之高下分配也。各宮調各有管色，各宮調各有殺聲。何謂管色？即今西樂中CDEFGAB七調，所以限定樂器用調之高下也。何爲殺聲？每牌必隸屬一宮或一調，而此宮調之起聲與結聲，又各有一定，此一定之聲，即所謂殺聲也。即以黃鐘宮論，黃鐘管色用六字，黃鐘宮之各牌起結聲，爲合字或六字。故黃鐘宮下各牌如〈侍香金童〉、〈傳言玉女〉、〈絳都春〉諸詞，皆用六字管色，而以合字或六字爲諸牌之起結聲。八十四宮調，各有管色及殺聲。因總列十二表如下：

㈠黃鐘　管色用（合）或（六）

宮	正黃鐘宮用（合）字殺
商	大石調用（四）字殺
角	正黃鐘宮角用（一）字殺
變徵	正黃鐘宮變徵用（勾）字殺
徵	正黃鐘宮正徵用（尺）字殺
羽	般涉調用（工）字殺
變宮	大石角用（凡）字殺

(二)大呂　管色用（下四）或（下五）

- 宮……高宮用（下四）字殺
- 商……高大石調用（下一）字殺
- 角……高宮角用（上）字殺
- 變徵……高宮變徵用（尺）字殺
- 徵……高宮正徵用（下工）字殺
- 羽……高般涉調用（下凡）字殺
- 變宮……高大石角用（合）字殺

(三)太簇　管色用（四）或（五）

- 宮……中管高宮用（四）字殺
- 商……中管高大石調用（一）字殺
- 角……中管高宮角用（勾）字殺
- 變徵……中管高宮變徵用（下工）字殺
- 徵……中管高宮正徵用（工）字殺
- 羽……中管高般涉調用（凡）字殺
- 變宮……中管高大石角用（下四）字殺

(四) 夾鐘　管色用（下一）或（高五）

- 宮……中呂宮用（下一）字殺
- 商……雙調用（上）字殺
- 角……中呂正角用（尺）字殺
- 變徵……中呂變徵用（工）字殺
- 徵……中呂正徵用（下凡）字殺
- 羽……中呂調用（合）字殺
- 變宮……雙角用（四）字殺

(五) 姑洗　管色用（一）

- 宮……中管中呂宮用（一）字殺
- 商……中管雙調用（勾）字殺
- 角……中管中呂角用（下工）字殺
- 變徵……中管中呂變徵用（下凡）字殺
- 徵……中管仲呂正徵用（凡）字殺
- 羽……中管中呂調用（下四）字殺
- 變宮……中管雙角用（下一）字殺

(六) 中呂　管色用（上）

- 宮……道宮用（上）字殺
- 商……小石調用（尺）字殺
- 角……道宮角用（工）字殺
- 變徵……道宮變徵用（凡）字殺
- 徵……道宮正徵用（合）字殺
- 羽……正平調用（四）字殺
- 變宮……小石角用（一）字殺

(七) 蕤賓　管色用（勾）

- 宮……中管道宮用（勾）字殺
- 商……中管小石調用（下工）字殺
- 角……中管道宮角用（下凡）字殺
- 變徵……中管道宮變徵用（合）字殺
- 徵……中管道宮正徵用（下四）字殺
- 羽……中管正平調用（下一）字殺
- 變宮……中管小石角用（上）字殺

(八) 林鐘 管色用（尺）

- 宮……南呂宮用（尺）字殺
- 商……歇指調用（工）字殺
- 角……南呂角用（凡）字殺
- 變徵……南呂變徵用（下四）字殺
- 徵……南呂正徵用（四）字殺
- 羽……高平調用（一）字殺
- 變宮……歇指角用（勾）字殺

(九) 夷則 管色用（下工）

- 宮……仙呂宮用（下工）字殺
- 商……商調用（下凡）字殺
- 角……仙呂角用（合）字殺
- 變徵……仙呂變徵用（四）字殺
- 徵……仙呂正徵用（下一）字殺
- 羽……仙呂調用（上）字殺
- 變宮……商角用（尺）字殺

（十）南呂　管色用（工）

- 宮……中管仙呂宮用（工）字殺
- 商……中管商調用（凡）字殺
- 角……中管仙呂角用（下四）字殺
- 變徵……中管仙呂變徵用（下一）字殺
- 徵……中管仙呂正徵用（一）字殺
- 羽……中管仙呂調用（勾）字殺
- 變宮……中管商角用（下工）字殺

（十一）無射　管色用（下凡）

- 宮……黃鐘宮用（下凡）字殺
- 商……越調用（合）字殺
- 角……黃鐘角用（四）字殺
- 變徵……黃鐘變徵用（一）字殺
- 徵……黃鐘正徵用（上）字殺
- 羽……羽調用（尺）字殺
- 變宮……越角用（工）字殺

(十二)應鐘　管色用（凡）

宮……中管黃鐘宮用（凡）字殺
商……中管越調用（下四）字殺
角……中管黃鐘角用（下一）字殺
變徵……中管黃鐘變徵用（上）字殺
徵……中管黃鐘正徵用（勾）字殺
羽……中管羽調用（下工）字殺
變宮……中管越角用（下凡）字殺

右八十四宮調，管色、殺聲，一一備列。但能知某牌之屬何宮調，即可知某牌用何管色，用何起結，其事極簡，而探索極易。然而明清以來，何以不明此理乎？曰：管色、殺聲，諸譜字備載《詞源》，而玉田所書諸譜，皆爲宋代俗樂之字，年代久遠，樂工不能識，文人能歌者少，且妄加考訂，而其理愈晦。且書經數刻，歌譜各字，漸次失眞，於是

古雅	今俗	古俗
合	△	黃
下四	ⓜ	大
四	マ	太
下一	⊖	夾
一	一	姑
上	𠃑	中
勾	ㄴ	蕤
尺	人	林
下工	⑦	夷
工	7	南
下凡	⑪	無
凡	〢	應
六	久	清黃
下五	③	清大
五	ㄋ	清太
一五	ㄋ	清夾

毫釐千里，不可究詰矣。因取古今雅俗樂府字，列一對照表，又以中西律音，作一對照表，再取白石旁譜，以證管色、殺聲之理，則前十二表可豁然云。

右表即據《詞源》排次，而舊刻多誤。於夾鐘本律，當以（下一）配之，《詞源》訛作（一上）。下五爲大呂清聲，應加一〇，五字爲太簇清，不當加〇，而《詞源》互訛。高五即（ㄎ），當加小畫，以別於五，而《詞源》亦加以〇，於是知音者皆懷疑矣。勾字音義，今人度曲，皆不能識。方成培《詞麈》疑爲高上，亦未合。獨凌廷堪《燕樂考原》引韓邦奇之言，始發明勾即下尺之義，近人皆遵信之，而宋詞譜無窒礙矣。（宋樂俗譜，低音加〇，高音加一，前代樂音皆低，故高音部字少見。）茲復列中西律音對照表於下：

中西律音對照表

中律名	黃鐘	大呂	太簇	夾鐘	姑洗	中呂	蕤賓	林鐘	夷則	南呂	無射	應鐘
西律名	G	#b CD	D	#b DE	E	F	#b FG	G	#b GA	A	#b AB	B
中音名	宮		商		角	變徵		徵		羽		變宮
普通音名	1		2		3	4		5		6		7
俗音名	上		尺		工	凡		六		五		乙

要知中西古今同此七音，是以理無二致，可以理測也。今再就白石旁譜，考其管色起結，即知《詞源》列八十四調之理。今詞譜雖亡，而慨想遺音，亦可略爲推求焉。

白石自製曲〈揚州慢〉、〈長亭怨慢〉二詞，皆注中呂宮。按中呂宮管色用下一或高一，即今俗樂之一字調，或正工調也。起結兩聲，亦當用下一或高一。今〈揚州慢〉「少駐初程」、「都在空城」、「知爲誰生」三句，末字旁譜皆作「ㄋ」，此蓋「一」字之聲，加上底拍耳。「初程」之「程」，爲起聲，「城」、「生」二韻爲結聲，其理顯然也。〈長亭怨〉之「綠深門戶」、「青青如此」、「離愁千縷」，雖底拍不盡同，而住聲於「一」字則同也。〈暗香〉、〈疏影〉二詞，注仙呂宮，管色爲工字，即今樂之小工詞也。殺聲亦作工字，起結二聲，亦當用工字。白石二詞中，「梅邊吹笛」、「香冷入瑤席」、「幾時見得」，旁譜於末字皆作「ㄋ」，此蓋用工字結聲而加拍也。按諸律度，無不吻合。〈疏影〉詞亦同，惟「小窗橫幅」，旁譜於「幅」字上作「ㄋ」，此蓋形近之誤。〈惜紅衣〉爲無射宮，俗名黃鐘宮，管色用下凡，即今樂之凡字調也，起結聲同。姜詞「睡餘無力」、「西風消息」、「三十六陂秋色」三韻，譜聲「ㄋ」，此蓋用凡字結聲而加拍也。按諸律度，亦全吻合。其他各詞，無一不同前義，是可知管色起結，各宮調自有一定，知音者無不遵守之。白石於新曲作譜，如此謹嚴，則舊調從可知矣。

兩宋諸詞宮調可考者，如清眞、屯田，皆自注各牌之下，夢窗亦然。其譜固亡佚，而宮調格式仍在，就其起結聲之高下，而分配平仄陰陽，便是合律之作。大抵聲音之高下，以工字爲標準。工字以上聲爲高音，工字以下聲爲低音。（此約略言之，勿過拘泥。）高者宜陰字，低者宜陽字，此大較也。惟八十四調中，非每調各有曲子，據《詞源》所列，只七宮十二調有曲耳。七宮者，黃鐘宮、仙呂宮、正宮、高宮、南呂宮、中呂宮、道宮也；十二調者，大石調、小石調、般涉調、歇指調、越調、仙呂調、中呂調、正平調、高平調、雙調、黃鐘羽調、商調也。蓋八十四調者，音律之次第也；七宮十二調者，音律之應用也。此意不可不知。

第五章　作法

作詞之法，論其間架構造，卻不甚難，至於擷芳佩實，自成一家，則有非言語可以形容者。所謂能與人規矩，不能使人巧也。有一成不變之律，無一定不易之文。南宋時修內司所刊《樂府混成集》，巨帙百餘，周草窗《齊東野語》稱其古今歌詞之譜，靡不備具，而有譜無詞者，實居其半。當時詞家，但就已定之譜，爲之調高下，定句讀，協四聲，而實之以俊語。故白石集中，自度腔皆有字譜，其他則否，非不知舊詞之譜也。蓋是時通行諸譜，完全無缺，作者按譜以下字，字範於音，音統於律，正不必瑣瑣繕錄也（此意余別有考訂，今省）。是以在宋時，多有譜而無詞。至今則有詞而無譜。惟無譜可稽，斯論律之書愈多矣，要皆扣槃捫燭也。余撰此篇，亦匠氏之規矩耳。律可合，而音不可求，余亦無如何焉。

㈠結構

詞之爲調，有六百六十餘，其體則一千一百八十有奇。學者就萬氏《詞律》按律諧聲，不背古人之成法，亦可無誤。惟律是成式，文無成式也，於是不得不論結構矣。全詞共有幾句，應將意思配置妥帖後，然後運筆。凡題意寬大，宜抒寫胸襟者，當用長調。而長調中就以蘇、辛雄放之作爲宜。若題意纖仄，模山範水者，當用小令或中調。惟境有悲歡，詞亦有哀樂。大抵商調、南呂諸詞，皆近悲怨，正宮、高宮之詞，皆宜雄大，越調冷雋，小石風流，各視題旨之若何，以爲擇調張本。若送別用〈南浦〉、祝嘏用〈壽樓春〉，皆毫釐千里之謬。（〈南浦〉係歡詞，〈壽樓春〉爲悼亡。）此擇調之大略也。至每調謀篇之法，又各就詞之長短以爲衡。短令宜蘊藉含蓄，令人得言外之意，方爲合格。如李後主詞「別有一般滋味在心頭」，不說出苦字；溫飛卿詞，「楊柳又如絲，驛橋春雨時」，不說出別字，皆是小令作法。長調則布置須周密，有先將題面說過，至下疊方發議論者，如王介甫〈桂枝香〉《金陵懷古》；有直賦一物，寄寓感喟者，如東坡〈水龍吟〉《楊花》。而憑高念舊，棖觸無端，又復用意明晰、措詞嫻雅者，莫如草窗〈長亭怨〉《懷舊》。詞云：

> 記千竹萬荷深處。綠淨池臺，翠涼亭宇。醉墨題香，閑簫橫玉盡吟趣。勝流星聚。知幾誦燕臺句。零落碧雲空，嘆轉眼歲華如許。凝佇。望涓涓一水，夢到隔花窗户。十年舊事，盡消得庾郎愁賦。燕樓鶴表半飄零，算惟有盟鷗堪語。謾倚遍河橋，一片涼雲吹雨。

蓋草窗之父，曾爲衢州倅官，時刺史爲楊泳齋（按即草窗之外舅），別駕爲牟存齋，郡博士爲洪恕齋，一時名流星聚。倅衙在龜阜，有堂曰「嘯詠」，爲琴尊觴詠之地。是時草窗尙少，及後數十年，再過是地，則水逝雲飛，無人識令威矣。詞中「千竹萬荷」，指嘯詠堂也；「醉墨題香」、「勝流星聚」指一時裙屐也；「隔花窗戶」、「燕樓」、「飄零」指目前景物也；「謾倚遍河橋」、「涼雲吹雨」是直抒葵麥之感矣。此等詞結構布局，最是勻稱，可以爲法。（宋詞佳構，浩如煙海，安得一一引入，僅舉一例，以俟隅反。）

㈡字義

我國文字，往往有一字兩三音，而解釋殊者，詞家當深明此義。如蕭索之「索」，當協速，索取之「索」，當協嗇。數日之「數」當協素，煩數之「數」當協朔。睡覺之「覺」當去聲，知覺之「覺」當入聲。其他專名如嫪毒、僕射、龜茲等，尤宜留意。作詞者一或不愼，動輒得咎。詞爲聲律之文，苟失黏錯誤，便無意致。草窗〈玉漏遲〉題《吳夢窗霜花腴詞集》，首云「老來歡意少」，又云「與君共是承平年少」。兩用「少」字，非複韻也。蓋多少之「少」是上聲，老少之「少」是去聲，本係兩字，盡可同協。又如些字，一入麻韻，一入個韻，蓋些兒之「些」爲平，楚些之「些」爲仄也。因略舉數則：

屈信申　信義迅　造作早　造就糙　矛盾忍　甲盾遁

窒塞色

邊塞賽　馮婦逢　馮河平　女紅工　紅紫洪　戕害祥

戕舸臧

諸如此類，不勝其多。學者平時誦習，一加考核，則音讀既正，自無誤用矣。

㈢句法

積字成句，協以平仄，此塡詞者，盡人知之也。但句法之異，須在作者研討。一調有一定之平仄，而句法亦有成規，若亂次以濟，未有不舛謬者。今自一字句至七字句止，逐句核訂如下：

⑴一字句。此種甚少，惟〔十六字令〕首句有之。其他皆用作領字，而實未斷句者。（領不外正、甚、怎、奈、漸、又、料、怕、是、證、想等數字，用平聲者不多。）

⑵二字句。此種大概用於換頭首句，其聲平仄者最多。又或用於句中暗韻處。用在換頭者，如王沂孫〔無悶〕云「清致，悄無似」，周邦彥〔瑣窗寒〕云「遲暮，嬉遊處」，此用平仄者。又如東坡〔滿庭芳〕「無何，何處是」，張炎

〈渡江雲〉「愁餘，荒洲古漵」，此用平平者。用在暗韻者，如〈木蘭花慢〉夢窗《壽秋壑》云「金狨，錦韉賜馬」，「蘭宮，繫書翠羽」，此用平平者。又如白石〈惜紅衣〉云「故國，渺天北」，是用仄仄者。二字句法，不外此數例矣。

(3)三字句。通常以仄平平爲多，如〈多麗〉之「晚山青」是也。他如平平仄者，如〈萬年歡〉之「仁恩被」、「封人祝」是。仄平仄者，如平〈滿江紅〉之「奠淮右」。平平平者，如〈壽樓春〉之「今無裳」皆是。若仄仄平、仄仄仄類，大半是領頭句矣。

(4)四字句。平平仄仄、仄仄平平，固四字句普通句法，無須徵引古詞。然如〈水龍吟〉末句，辛稼軒云「搵英雄淚」，蘇東坡云「是離人淚」，是上一下三句法也。又如楊無咎〈曲江秋〉云「銀漢墜懷，漸覺夜闌」，是平仄仄平也。

(5)五字句。按此亦只有上二下三與上一下四兩種。平平平仄仄、仄仄仄平平、仄仄平平仄、平平仄仄平，此四種皆上二下三句法也。若如〈燕歸梁〉云「記一笑千金」，是上一下四也。惟〈壽樓春〉「裁春衫尋芳」用五平聲字，則殊不多耳。

(6)六字句。此有二種：一爲普通用於雙句對下；一爲折腰句，如〈清平樂〉之下疊，〈風入松〉之末二句，則詞中不經見者。平仄無定。

(7)**七字句**。此亦有二種：一爲上四下三，如詩一句者，如〈鷓鴣天〉「小窗愁黛淡秋山」，〈玉樓春〉「棹沉雲去情千里」之類；一爲上三下四者，若〈唐多令〉「燕辭歸客尚淹留」，〈洞仙歌〉「金波淡玉繩低轉」之類。平仄無定，作時須留意。

以上七格，詞中句法略備矣。至八字句，如〈金縷曲〉「枉教人夢斷瑤臺月」；九字句，如〈江城子〉「錦帽貂裘，千騎卷平岡」類，實皆合「三五」、「四五」成句耳。句至七字，諸體全矣。蓋歌之節奏，全視句法之何若。今南曲板式，即爲限定句法而設，故曰「樂句」。曲與詞固是一例，詞譜雖亡，而句法未改，守定成式，自無偭規越矩之誚。至就文律言之，則出句宜雅艷，忌枯瘁，宜芳潤，不宜噍殺。意常，則造語貴新；語常，則倒換須奇。一調之中，句句琢煉，語語自然，積以成章，自無疵病矣。

(四)結聲字

結聲者，詞中第一韻與兩疊結韻處也。第一韻謂之起調，兩結韻謂之畢曲。此三處下韻，其音須相等（說見前章）。近人作詞，往往就古人成作，守定四聲，通體不易一音，其用力良苦，然煞聲字不合之弊，則無之也。此端昉於蔣鹿潭，近則朱、況，皆斤斤於此，一字不少假借，夔笙更欲調以清濁，分訂八音，守律愈細，而塡詞如處桎梏，分毫不能自由矣。

(五)雜述

古今詩話，汗牛充棟，詞話則頗罕。然如玉田《詞源》、輔之《詞旨》，宋元時已有專書。而周公謹《浩然齋雅談》末卷，吳曾《能改齋漫錄》十六、十七兩卷，亦皆詞話之類也。至清則如劉公勇之《七頌堂詞繹》、王阮亭之《花草蒙拾》、鄒程村之《遠志齋詞衷》等書，亦皆有價值者。（《古今詞話》一書，散見《詞綜》，無單行者。）而周氏《詞辨》，又有獨到語，概足爲學者取法也。

「詞以自然爲宗，但自然不從追琢中來，便率易無味。」此彭金粟語，最是中肯。又云：「用古人之事，則取其新僻，而去其陳因；用古人之語，則取其清雋，而去其平實；用古人之字，則取其輕麗，而去其淺俗。」近人好用僻典，頗覺晦澀，乃嘆馮贅之記《雲仙》、陶谷之錄《清異》，稍資談柄，不是仙才。

吳子律云：「詞患堆積，堆積近縟，縟則傷意。詞忌雕琢，雕琢近澀，澀則傷氣。」又云：「言情以雅爲宗，語艷則意尚巧，意褻則語貴曲。」（按意褻亦是一病。）

學稼軒，要於豪邁中見精緻。學夢窗，要於縝密中求清空。

詠物詞須別有寄託，不可直賦。自訴飄零，如東坡之《詠雁》；獨寫哀怨，如白石之《詠蟋蟀》，斯最善矣。至如史邦卿之《詠燕》，劉龍洲之《詠指足》，縱工摹繪，已落言詮。今之作者，即欲爲劉、史之隸吏，亦不可得也。彼演膚詞，此徵僻典，誇多競富，味同嚼蠟。況詞之體格，微與詩異乎？比如詠梅花者，累代不能得數語，而鄙者或百詠，或數十詠，徒使開府汗顏，逋仙冷齒耳。且竹垞詠貓，武曾詠筍，輒臚故實，亦載鄙諺，偶一爲之，亦才人忍俊不禁之故技。究之《靜志居》、《秋錦山房》之聯蹤兩宋，弁冕一朝者，謂區區在此，諒亦不然，顧奈何以侔色揣聲爲能事乎？

第六章　概論一　唐五代

詞者，詩之餘也。詩莫古於《三百篇》，皆可以合樂。周衰，詩亡樂廢，屈宋代興，雖《九歌》侑樂，而已與詩異途矣。經秦之亂，古樂胥亡。漢武立樂府，作《郊祀》十九章，《鐃歌》二十二章，歷魏晉六朝，皆仍其節奏（其名歷代不同，其歌法仍襲舊），於是詩與樂分矣。自魏武借樂府以寫時事，《薤露歌》、《蒿里行》，皆爲董卓之亂而作，與原義不同。陳思王植作《鞞舞》新歌五章，謂古曲謬誤至多，異代之文，不必相襲，爰依前曲，別作新歌。此說一開，後人乃有依樂府之題，而直抒胸臆者，於是樂府之眞又失矣。兩晉以下，諸家所作，不盡仿古，一時君臣，尤喜別翻新調，而民間哀樂纏綿之情，託諸長謠短詠以自見者，亦往往而有。如東晉無名氏作《女兒子》、《休洗紅》二曲，梁武帝之《江南弄》，沈約之《六憶詩》，其字句音節，率有定格，此即詞之濫觴矣。蓋詩亡而樂府興，樂府亡而詞作，變遷遞接，皆出自然也。今自隋唐以迄五代，略爲詮論如左。

第一　唐人詞略

昔人論詞，皆斷自唐代。誠以唐代以前，如煬帝之「清夜遊湖上」曲、侯夫人「看梅一點春」等，雖在李白、王維以前，而其詞恐爲後人僞託，不可據爲典要，因亦以唐代爲始。按趙璘《因話錄》：唐初，柳范作江南〈折桂令〉，當在青蓮〈憶秦娥〉、〈菩薩蠻〉之前。而各家選本，皆未及之，其詞蓋久佚矣。皋文以青蓮首列者，有深意焉。大抵初唐諸作，不過破五七言詩爲之；中盛以後，詞式始定；迨溫庭筠出，而體格大備，此唐詞之大概也。爰爲論列之。

㈠**李白**　白，字太白，蜀人，或云山東人。供奉翰林。錄〈憶秦娥〉一首：

> 簫聲咽，秦娥夢斷秦樓月。秦樓月，年年柳色，灞陵傷別。　樂遊原上清秋節，咸陽古道音塵絕。音塵絕，西風殘照，漢家陵闕。

太白此詞，實冠今古，絕非後人可以僞託，非如〈菩薩蠻〉、〈桂殿秋〉、〈連理枝〉諸闋，讀者尙有疑詞也。蓋自齊梁以來，陶弘景〈寒夜怨〉、陸瓊〈飲酒樂〉、徐孝穆〈長相思〉等，雖具詞體，而堂廡未大，至太白而繁情促節，長吟遠慕，遂使前此諸家，悉歸籠化，故論詞不得不首太白也。劉融齋以〈菩薩蠻〉、〈憶秦娥〉兩首，足抵杜陵《秋興》，想其情境，殆作於明皇西幸之後。此言前人所未發，因亟錄之。（按太白前，不獨柳范有〈折桂令〉一曲也。沈佺期有〈回波詞〉，紅友亦收入《詞律》，實則六言詩耳。又明皇亦有〈好時光〉一首，見《尊前集》，亦係僞作。）

㈡張志和　志和，字子同，金華人。擢明經，肅宗命待詔翰林，坐貶，不復仕。自稱煙波釣徒。錄〈漁歌子〉一首：

西塞山前白鷺飛，桃花流水鱖魚肥。青箬笠，綠蓑衣，斜風細雨不須歸。

此詞為七絕之變，第三句作六字折腰句。按志和所作，共五首，《詞綜》錄其二，餘三首見《尊前集》。唐人歌曲，皆五七言詩。此〈漁歌子〉既與七絕異，或就絕句變化歌之耳。因念〈清平調〉、〈陽關曲〉，舉世傳唱，實皆是詩。〈清平調〉後人擬作者鮮，〈陽關曲〉則頗有慕效之者。如東坡〈小秦王〉詞，四聲皆依原作，蓋音調存在，不妨被以新詞也。至此詞，音節或早失傳，故東坡增句作〈浣溪沙〉，山谷增句作〈鷓鴣天〉，不得不就原詞，以協他調矣。

㈢韋應物　應物，京兆人。官左司郎中，歷蘇州刺史。錄〈調笑〉一首：

胡馬，胡馬，遠放燕支山下。跑沙跑雪獨嘶，東望西望路迷。迷路，迷路，邊草無窮日暮。

應物詞見《尊前集》者共四首，〈調笑〉二，〈三臺〉二也。唐人作〈調笑〉者至多，如戴叔倫之《邊草詞》、王建之《團扇詞》，皆用此調。其後〈楊柳枝〉盛行。而此調鮮見。入宋以後，此調句法更變，專供大曲歌舞之用矣。（〈楊柳枝〉實即七絕耳。）

㈣白居易　居易，字樂天，下邽人。貞元十四年進士，歷官中書舍人，以刑部尚書致仕。有《長慶集》。錄〈長相思〉一首：

汴水流，泗水流，流到瓜洲古渡頭。吳山點點愁。　思悠悠，恨悠悠，恨到歸時方始休，月明人倚樓。

公所作詞至富，如〈楊柳枝〉、〈竹枝〉、〈花非花〉、〈浪淘沙〉、〈宴桃源〉等，皆流麗穩協。而〈一七令〉體，尤爲古今創作，後人搭體詩，即依此作也。余細按諸作，惟〈宴桃源〉與〈長相思〉爲純粹詞體，餘若〈楊柳枝〉、〈竹枝〉、〈浪淘沙〉顯爲七言絕體，即〈花非花〉、〈一七令〉亦長短句之詩，不得概目之爲詞也。〈宴桃源〉云：「前度小花靜院，不比尋常時見。見了又還休，愁卻等閒分散。腸斷，腸斷，記取釵橫鬢亂。」按格直是〈如夢令〉，昔人以後唐莊宗所作爲創，不知已始於白傅矣。余此錄概取庸人之確鑿爲詞者，彼長短句之詩勿入焉。

㈤**劉禹錫** 禹錫，字夢得，中山人。貞元中進士，仕爲太子賓客。會昌中，檢校禮部尙書。錄〈憶江南〉一首：

春去也，多謝洛城人。弱柳從風疑舉袂，叢蘭浥露似沾巾。獨坐亦含顰。

《尊前集》錄夢得作，有〈楊柳枝〉十二首、〈竹枝〉十首、〈紇那曲〉二首、〈憶江南〉一首、〈浪淘沙〉九首、〈瀟湘神〉二首、〈拋球樂〉二首。中惟〈憶江南〉爲詞，〈瀟湘神〉亦長短句詩耳。（詞云：「斑竹枝，斑竹枝，淚痕點點寄相思。楚客欲聽瑤瑟怨，瀟湘深夜月明時。」與韓翃〈章臺柳〉詞，實是一格。韓詞云：「章臺柳，章臺柳，昔日青青今在否？縱使長條似舊垂，也應攀折他人手。」所異者一平韻、一仄韻而已。）〈憶江南〉一調，據韓偓《海山記》，隋煬帝泛東湖，制湖上曲八闋，即爲〈憶江南〉句調。後人遂謂隋時所作。不知湖上八曲，皆是雙疊，而雙疊之體，實始於宋。唐人諸作，無一非單調，豈有煬帝時，反有是格哉？故論此調創始，不若以白傅、夢得輩爲妥云。

㈥**溫庭筠**　本名岐，字飛卿，太原人。官方山尉。有《握蘭》、《金荃》等集。錄〈更漏子〉一首：

玉爐香，紅蠟淚，偏照畫堂秋思。眉翠薄，鬢雲殘，夜長衾枕寒。　梧桐樹，三更雨，不道離情正苦。一葉葉，一聲聲，空階滴到明。

唐至溫飛卿，始專力於詞。其詞全祖風騷，不僅在瑰麗見長。陳亦峰曰：「所謂沉鬱者，意在筆先，神餘言外，寫怨夫思婦之懷，寓孽子孤臣之感，凡交情之冷淡，身世之飄零，皆可於一草一木發之。而發之又必若隱若現，欲露不露，反覆纏綿，終不許一語道破，匪獨體格之高，亦見性情之厚。」此數語惟飛卿足以當之。學詞者從沉鬱二字著力，則一切浮響膚詞，自不繞其筆端，顧此非可旦夕期也。飛卿最著者，莫如〈菩薩蠻〉十四首。大中時，宣宗愛〈菩薩蠻〉，丞相令狐綯，乞其假手以進，戒令勿他泄，而遽言於人，由是疏之。今所傳〈菩薩蠻〉諸作，固非一時一境所爲，而自抒性靈，旨歸忠愛，則無弗同焉。張皋文謂皆感士不遇之作，蓋就其寄託深遠者言之，即其直寫景物，不事雕繪處，亦敻絕不可追及。如「花落子規啼，綠窗殘夢迷」、「楊柳又如絲，驛橋煙雨時」、「鸞鏡與花枝，此情誰得知」等語，皆含思凄婉，不必求工，已臻絕詣，豈獨以瑰麗勝人哉？（《詞苑叢談》載宣宗時，宮嬪所歌〈菩薩蠻〉一首，云在《花間集》外，其詞殊鄙俚。如下半疊云：「風流心上物，本爲風流出。看取薄情人，羅衣無此痕。」絕非飛卿手筆，故趙選不取。）至其所創各體，如〈歸國遙〉、〈定西番〉、〈南歌子〉、〈河瀆神〉、〈遐方怨〉、〈訴衷情〉、〈思帝鄉〉、〈河傳〉、〈蕃女怨〉、〈荷葉杯〉等，雖亦就詩中變化而出，然參差緩急，首首有法度可循，與詩之句調，絕不相類，所謂解其聲，故能制調也。彭孫遹《詞統源流》，以爲詞之長短錯落，發源於《三百篇》。飛卿之詞，極長短錯落之致矣，而出辭都雅，尤有怨悱不亂之遺意。論詞者必以溫氏爲大宗，而爲萬世不祧之俎豆也，宜哉！

(七)皇甫松　松，字子奇，湜之子。錄〈摘得新〉一首：

酌一卮，須教玉笛吹。錦筵紅蠟燭，莫來遲。繁紅一夜經風雨，是空枝。

松爲牛僧孺甥，以〈天仙子〉一詞著名。詞云：「晴野鷺鷥飛一隻，水葓花發秋江碧。劉郎此日別天仙，登綺席，淚珠滴。十二晚峰青歷歷。」黃花庵謂不若〈摘得新〉，爲有達觀之見。余因錄此。元遺山云：「皇甫松以〈竹枝〉、〈採蓮〉排調擅場，而才名遠遜諸人。《花間集》所載，亦只小令短歌耳。」余謂唐詞皆短歌，《花間》諸家，悉傳小令，豈獨子奇？遺山此言，未爲確當。松詞殊不多，《尊前集》有十首，如〈怨回紇〉、〈竹枝〉、〈抛球樂〉等闋，實皆五七言詩之變耳。

右唐詞凡七家，要以溫庭筠爲山鬥。他如李景伯、裴談之〈回波樂〉，崔液之〈踏歌詞〉，劉長卿、竇弘餘之〈謫仙怨〉，概爲五六言詩。杜甫、元結等所撰之新樂府，多至數十韻，自標新題，以詠時政，名曰樂府，實不可入詞。無名氏諸作，如〈後庭宴〉之「千里故鄉」，〈魚游春水〉之「秦樓東風里」，雖證諸石刻，定爲唐人所作，然〈魚游春水〉爲長調詞，較杜牧之〈八六子〉字數更多，未免懷疑也。至若楊妃之〈阿那曲〉、柳姬之〈楊柳枝〉、劉采春之〈囉嗊曲〉、杜秋娘之〈金縷曲〉、王麗眞之〈字字雙〉，更不能謂之爲詞，余故概行從略焉。

第二　五代十國人詞略

陸放翁曰：「詩至晚唐五季，氣格卑陋，千人一律，而長短句獨精巧高麗，後世莫及，此事之不可曉者。」蓋其時君唱於上，臣和於下，極聲色之供奉，蔚文章之大觀。風會所趨，朝野一致，雖在賢知，亦不能自外於習尙也。《花間》輯錄，重在蜀人。（趙錄共十八人，詞五百首，而蜀人有十三家，如韋莊、薛昭蘊、牛嶠、毛文錫、牛希濟、歐陽炯、顧敻、魏承班、鹿虔扆、閻選、尹鶚、毛熙震、李珣等，皆蜀人也。）並世哲匠，頗多遺佚。後唐西蜀，不乏名言，李氏君臣，亦多奇制，而屏棄不存，一語未採，不得不謂蔽於耳目之近矣。夫五代之際，政令文物，殊無足觀，惟茲長短之言，實爲古今之冠。大抵意婉詞直，首讓韋莊；忠厚纏綿，惟有延巳。其餘諸子，亦各自可傳，雖境有哀樂，而辭無高下也。至若吳越王錢俶、閩后陳氏、蜀昭儀李氏、陶學士、鄭秀才之倫，單詞片語，不無可錄，第才非專家，不妨從略焉。

㈠後唐莊宗　錄〈陽臺夢〉一首：

薄羅衫子金泥縫，困纖腰怯銖衣重。笑迎移步小蘭叢，嚲金翹玉鳳。　嬌多情脈脈，羞把同心撚弄。楚天雲雨卻相和，又入陽臺夢。

按莊宗詞之可考者，有〈憶仙姿〉、〈一葉落〉、〈歌頭〉及此首而已，皆見《尊前集》。〈憶仙姿〉即〈如夢令〉。〈一葉落〉爲自度曲，此取末三字爲調名，意境卻甚似飛卿也。〈歌頭〉一首，分詠四季，其語塵下，疑是僞作。莊宗好優美，或伶工進御之言，故詞中只及四時花事耳。五季君主之能詞者，尚有蜀後主王衍、後蜀後主孟昶，而〈醉妝〉、〈甘州〉殊乏風致，「風殿水來」亦屬贋作，余故闕之焉。

㈡**南唐嗣主**　錄〈山花子〉一首：

菡萏香銷翠葉殘，西風愁起綠波間。還與韶光共憔悴，不堪看。　細雨夢還雞塞遠，小樓吹徹玉笙寒。多少淚珠何限恨，倚欄杆。

中宗諸作，自以〈山花子〉二首為最，蓋賜樂部王感化者也。此詞之佳，在於沉鬱。夫菡萏銷翠、愁起西風，與「韶光」無涉也，而在傷心人見之，則夏景繁盛，亦易摧殘，與春光同此憔悴耳。故一則曰「不堪看」，一則曰「何限恨」。其頓挫空靈處，全在情景融洽，不事雕琢，淒然欲絕。至「細雨」、「小樓」二語，為「西風愁起」之點染語，煉詞雖工，非一篇中之至勝處，而世人競賞此二語，亦可謂不善讀者矣。余嘗謂二主詞，中主能哀而不傷，後主則近於傷矣，然其用賦體，不用比興，後人亦無能學者也。此二主之異處也。

㈢**南唐後主** 錄〈虞美人〉一首：

春花秋月何時了？往事知多少！小樓昨夜又東風，故國不堪回首月明中！雕欄玉砌應猶在，只是朱顏改。問君能有幾多愁？恰似一江春水向東流！

前謂後主詞用賦體，觀此可信，顧不獨此也。〈憶江南〉、〈相見歡〉、〈長相思〉（「一重山」一首）等，皆直抒胸臆，而復婉轉纏綿者也。至〈浪淘沙〉之「無限江山」、〈破陣子〉之「淚對宮娥」，此景此情，安得不以眼淚洗面？東坡譏其不能痛哭九廟，以謝人民，此是宋人之論耳。余謂讀後主詞，當分為二類。〈喜遷鶯〉、〈阮郎歸〉、〈木蘭花〉、〈菩薩蠻〉（「花明月暗」一首）等，正當江南隆盛之際，雖寄情聲色，而筆意自成馨逸，此為一類。至入宋後，諸作又別為一類（即前述〈憶江南〉、〈相見歡〉等），其悲歡之情固不同，而自寫襟抱，不事寄託，則一也。今入學之，無不拙劣矣。（「雕欄玉砌」云云，即〈浪淘沙〉「玉樓瑤殿」、「空照秦淮」之意也。）

㈣**和凝** 凝，字成績。鄆州人。唐舉進士，官翰林學士。晉天福中，拜中書侍郎同平章事。入後漢，拜太子太傅，封魯國公。有《紅葉稿》。錄〈喜遷鶯〉一首：

曉月墜，宿煙披，銀燭錦屏帷。建章鐘動玉繩低，宮漏出花遲。　春態淺，來雙燕，紅日漸長一線。嚴妝欲罷囀黃鸝，飛上萬年枝。

成績有「曲子相公」之名，而《紅葉稿》已佚。《詞綜》所錄，僅〈春光好〉、〈採桑子〉、〈河滿子〉、〈漁父〉四首，《尊前集》則〈江城子〉五首，〈麥秀兩歧〉及此詞而已，皆不如《花間集》之多也（《花間》錄二十首）。余按成績諸作，類摹寫宮壼，不獨此詞「宮漏出花遲」也。（〈春光好〉之「蘋葉軟」，〈薄命女〉之「天欲曉」皆是。）〈江城子〉五支，爲言情者之祖，後人憑空結構，皆本此詞。託美人以寫情，指落花而自喻，古人固有之，亦未可輕議也。

(五) **韋莊**　莊，字端己，杜陵人。乾寧元年進士。入蜀，王建辟掌書記，尋召爲起居舍人。建表留之，後官至散騎常侍，判中書門下事。有《浣花集》。錄〈歸國遙〉一首：

金翡翠，爲我南飛傳我意。罨畫橋邊春水，幾年花下醉。別後只知相愧，淚珠難遠寄。羅幕繡幃鴛被，舊歡如夢裏。

端己〈菩薩蠻〉四章，惓惓故國之思，最耐尋味。而此詞南飛傳意，別後知愧，其意更爲明顯。陳亦峰論其詞，謂似直而紆，似達而鬱。洵然。雖一變飛卿面目，而綺羅香澤之中。別具疏爽之致。世以溫、韋並論，當亦難於軒輊也。〈菩薩蠻〉云：「未老莫還鄉，還鄉須斷腸。」又云：「凝恨對斜暉，憶君君不知。」〈應天長〉云：「夜夜綠窗風雨，斷腸君信否？」又云：「難相見，易相別，又是玉樓花似雪。」皆望蜀思君之辭。時中原鼎沸，欲歸未能，言愁始愁，其情大可哀矣。

又按《花間集》共錄十八家，自溫庭筠、皇甫松外，凡十六家，爲五季時人。而十六家中，除韋莊外，蜀人有十二人之多。今附列韋莊之下，以見蜀中文物之盛云。

(1)**薛昭蘊**　〈小重山〉云：「春到長門春草青。玉階華露滴，月朧明。東風吹斷紫簫聲。宮漏促，簾外曉啼鶯。愁極夢難成。紅妝流宿淚，不勝情。手挼裙帶繞花行。思君切，羅幌暗塵生。」

(2)**牛嶠**　〈江城子〉云：「鵁鶄飛起郡城東。碧江空，半灘風。越王宮殿，蘋葉藕花中。簾捲水樓魚浪起，千片雪，雨濛濛。」

(3)**毛文錫**〈虞美人〉云：「寶檀金縷鴛鴦枕，綬帶盤宮錦。夕陽低映小窗明，南園綠樹語鶯鶯，夢難成。　玉爐香暖頻添炷，滿地飄輕絮。珠簾不捲度沉煙，庭前閑立畫秋千，艷陽天。」

(4)**牛希濟**〈謁金門〉云：「秋已暮，重疊關山歧路。嘶馬搖鞭何處去？曉禽霜滿樹。　夢斷禁城鐘鼓，淚滴枕檀無數。一點凝紅和薄霧，翠蛾愁不語。」

(5)**歐陽炯**〈鳳樓春〉云：「鳳髻綠雲濃，深掩房櫳，錦書通。夢中相見覺來慵，勻面淚，臉珠融。因想玉郎何處去，對淑景誰同？　小樓中，春思無窮。倚欄凝望，暗牽愁緒，柳花飛趁東風。斜日照簾櫳，（與前疊複）羅幌香冷粉屏空。海棠零落，鶯語殘紅。」

(6)**顧敻**〈浣溪沙〉云：「紅藕香寒翠渚平，月籠虛閣夜蛩清，塞鴻驚夢兩牽情。　寶帳玉爐殘麝冷，羅衣金縷暗塵生，小窗孤燭淚縱橫。」

(7)**魏承班**〈謁金門〉云：「煙水闊，人值清明時節。雨細花零鶯語切，愁腸千萬結。　雁去音徽斷絕，有恨欲憑誰說？無事傷心猶不徹，春時容易別。」

(8)**鹿虔扆**〈臨江仙〉云：「金鎖重門荒苑靜，綺窗愁對秋空。翠花一去寂無蹤，玉樓歌吹，聲斷已隨風。　煙月不知人事改，夜闌還照深宮。藕花相向野塘中，暗傷亡國，清露泣香紅。」

(9)閻選〈定風波〉云：「江水沉沉帆影過，游魚到晚透寒波。渡口雙雙飛白鳥。煙裊，蘆花深處隱漁歌。扁舟短棹歸蘭浦。人去，蕭蕭竹徑透青莎。深夜無風新雨歇。涼月，露迎珠顆人圓荷。」

(10)尹鶚〈滿宮花〉云：「月沉沉，人悄悄，一炷後庭香裊。風流帝子不歸來，滿地禁花慵掃。離恨多，相見少，何處醉迷三島？漏清宮樹子規啼，愁鎖碧窗春曉。」

(11)毛熙震〈菩薩蠻〉云：「梨花滿院飄香雪，高樓夜靜風箏咽。斜月照簾帷，憶君和夢稀。小窗燈影背，燕語驚愁態。屏掩斷香飛，行雲山外歸。」

(12)李珣〈定風波〉云：「簾外煙和月滿庭，此時閑坐若為情。小閣擁爐殘酒醒。愁聽，寒風落葉一聲聲。惟恨玉人芳信阻。雲雨，屏帷寂寞夢難成。斗轉更蘭心杳杳。將曉，銀釭斜照綺琴橫。」

右十二家，皆見《花間集》。崇祚為蜀人，故所錄多本國人諸作。詞家選本，以此集為最古，其有不見此選者，亦無從搜討矣。夫蜀自王建戊辰改元武成，至後主衍咸康己酉亡，歷十有八年；後蜀自孟知祥甲午改元明德，至後主昶廣政甲子亡，歷三十年。此選成於廣政三年，是時孟氏立國，僅有七載，故此集所採，大抵前蜀人爲多，而韋莊、牛嶠、毛文錫且爲唐進士也。五季之際，如沸如羹，天宇崩頹，彝教凌廢，深識之士，浮沉其間，懼忠言之觸禍，託俳語以自晦。吾知十國遺黎，必多感嘆悲傷之作，特甄錄無人，乃至湮沒。後人籀諷，獨有趙錄，遂謂聲歌之制，獨盛於蜀，茲可惜矣。今就此十二家言之，惟歐陽炯、顧敻、鹿虔扆爲孟蜀顯官，至閻選、李珣，亦布衣耳，其他皆王氏舊屬。是以緣情託興，萬感橫集，不獨醉妝薄媚，淪落風塵，睿藻流傳，足爲詞讖也。牛希濟之「夢斷禁城」，鹿虔扆之「露泣」「亡國」，言爲心聲，亦可得其大概矣。

㈥ **孫光憲**　字孟文，陵州人。遊荊南，高從誨署爲從事，仕南平，累官檢校祕書。曾勸高繼沖獻三州之地，宋太祖授以黃州刺史，將用爲學士，未及而卒。有《荊臺》、《筆傭》、《橘齋》、《鞏湖》諸集。錄〈謁金門〉一首。

留不得，留得也應無益。白紵春衫如雪色，揚州初去日。　輕別離，甘拋擲，江上滿帆風疾。卻羨彩鴛三十六，孤鸞還一隻。

陳亦峰云：「孟文詞，氣骨甚遒，措語亦多警煉。然不及溫、韋處，亦在此，坐少閑婉之致。」余謂孟文之沉鬱處，可與李後主並美，即如此詞，已足見其不事側媚，甘處窮寂矣。他如〈清平樂〉云：「掩鏡無語眉低，思隨芳草淒淒。」是自抱靈修楚累遺意也。〈菩薩蠻〉云：「碧煙輕裊裊，紅戰燈花笑。」蓋諷弋取名利，憧憧往來者也。至閑婉之處，亦復盡多，如〈浣溪沙〉云：「目送征鴻飛杳杳，思隨流水去茫茫。蘭紅波碧憶瀟湘。」又云：「花冠閑上午牆啼。」〈思越人〉云：「渚蓮枯，宮樹老，長洲廢苑蕭條。想像玉人空處所，月明獨上溪橋。」此等俊逸語，亦孟文所獨有。

㈦馮延巳　字正中。唐末，徙家新安。事南唐，官至左僕射，同平章事。有《陽春集》一卷。錄〈菩薩蠻〉一首：

畫堂昨夜西風過，繡簾時拂朱門鎖。驚夢不成雲，雙蛾枕上顰。　金爐煙裊裊，燭暗紗窗曉。殘月尚彎環，玉箏和淚彈。

正中詞纏綿忠厚，與溫、韋相伯仲。其〈蝶戀花〉諸作，情詞悱惻，可群可怨。張皋文云「忠愛纏綿，宛然騷辨之義」，余最愛誦之。如「日日花前常病酒，不辭鏡裏朱顏瘦。」「淚眼倚樓頻獨語，雙燕來時，陌上相逢否？」「濃睡覺來鶯亂語，驚殘好夢無尋處。」思深意苦，又復忠厚惻怛。詞至此，則一切叫囂纖冶之失，自無從犯其筆端矣。他如〔歸國謠〕、〔拋球樂〕、〔採桑子〕、〔菩薩蠻〕等，亦含思凄惋，藹然動人，儼然溫、韋之意也。其〔謁金門〕一首，當係成幼文作。《古今詞話》曰：「幼文爲大理卿，詞曲妙絕，嘗作〔謁金門〕曰：『風乍起，吹皺一池春水。』爲中主所聞，因按獄稽滯，召詰之。且謂曰：『卿職在典刑，「一池春水」，干卿何事？』幼文頓首以謝。」《南唐書》以爲馮詞。陳振孫《書錄解題》曰：「『風乍起』詞，世多言馮作，而《陽春錄》無之，當是成作，不獨『庭院深深』，一首，明是歐作，有李清照《漱玉詞》可證也。」

又按南唐享國雖不久長，而文學之士，風發雲舉，極一時之盛。如張泌、成幼文、韓熙載、潘佑、徐鉉兄弟、湯悅，俱有才名。即以詞論，諸子皆有可觀。而趙錄於南唐諸人，自張泌外，概不置錄，何也？因附見一二，如前韋端己條例。

(1)**張泌**　〔臨江仙〕云：「煙收湘渚秋江靜，蕉花露泣愁紅。五雲雙鶴去無蹤，幾回魂斷，凝望向長空。　翠竹暗留珠淚怨，閑調寶瑟波中。花鬟月鬢綠雲重。古祠深殿，香冷雨和風。」

(2)**成幼文**　〔謁金門〕云：「風乍起，吹皺一池春水。閑引鴛鴦香徑裏，手挼紅杏蕊。　鬥鴨欄杆遍倚，碧玉搔頭斜墜。終日望君君不至，舉頭聞鵲喜。」

(3)**徐昌圖**　〔臨江仙〕云：「飲散離亭西去，浮生常恨飄蓬。回頭煙柳漸重重。淡雲孤雁遠，寒日暮天紅。　今夜畫船何處？潮平淮月朦朧。酒醒人靜奈愁濃。殘燈孤枕夢，輕浪五更風。」

(4)潘佑《題紅羅亭梅花》殘句云：「樓上春寒山四面，桃李不須誇爛熳，已失了東風一半。」

右四家，惟徐昌圖一首，《詞綜》入宋詞內，而成肇麟《唐五代詞選》。則列入馮正中後，且徐籍莆田，是為南唐人無疑也。潘佑詞不經見，此見羅大經《鶴林玉露》，惜全詞佚矣。總之，五季時，詞以西蜀南唐為最盛。而詞之工拙，以韋莊為第一，馮延巳次之，最下為毛文錫。葉夢得嘗謂：館閣諸公評庸陋之詞，必曰「此仿毛司徒」，是在宋時已有定論，今亦賴趙錄而傳，崇祚洵詞苑功臣哉。至諸家情至文生，纏綿忠愛，不獨為蘇、黃、秦、柳之開山，即宣和、紹興之盛，皆兆於此矣。

第七章　概論二　兩宋

論詞至趙宋，可云家懷隋珠，人抱和璧，盛極難繼者矣。然合兩宋計之，其源流遞嬗，可得而言焉。大抵開國之初，沿五季之舊，才力所詣，組織較工，晏、歐爲一大宗，二主一馮，實資取法，顧未能脫其範圍也。汴京繁庶，競賭新聲，柳永失意無憀，專事綺語，張先流連歌酒，不乏艷辭，惟託體之高，柳不如張。蓋子野爲古今一大轉移也。前此爲晏、歐，爲溫、韋，體段雖具，聲色未開；後此爲蘇、辛，爲姜、張，發揚蹈厲，壁壘一變；而界乎其間者，獨有子野，非如耆卿專工鋪敘，以一二語見長也。迨蘇軾則得其大，賀鑄則取其精，秦觀則極其秀，邦彥則集其成，此北宋詞之大概也。南渡以還，作者愈盛，而撫時感事，動有微言。稼軒之「煙柳斜陽」，幸免種豆之禍；玉田之「貞芳清影」（〈清平樂〉《賦所南畫蘭》），獨餘故國之思。至若碧山詠物，梅溪題情，夢窗之「豐樂樓頭」，草窗之「禁煙湖上」，詞翰所寄，並有微意，又豈常人所易及哉！余故謂紹興以來，聲律之文，自以稼軒、白石、碧山爲優，梅溪、夢窗則次之，玉田、草窗又次之，至竹屋、竹山輩，純疵互見矣，此南宋詞之大概也。夫倚聲之道，獨盛天水，文藻留傳，矜式萬世。余之論議，不事廣徵者，亦聊見淵源而已。茲更分述之。

第一　北宋人詞略

言詞者必曰：詞至北宋而大，至南宋而精。然而南北之分，亦有難言者也。如周紫芝、王安中、向子湮、葉夢得輩，皆生於北宋，沒於南宋，論者以周、王屬北，向、葉屬南者，只以得名之遲早而已。蓋混而不分，又不能明流別，尚論者約略言之，作一界限，實無與於詞體也。毛晉刻《六十一家詞》，北宋凡十九家：晏殊、歐陽修、柳永、蘇軾、黃庭堅、秦觀、晏幾道、晁補之、程垓、陳師道、李之儀、毛滂、杜安世、葛勝仲、周紫芝、謝逸、周邦彥、王安中、蔡伸是也。此外若潘閬《逍遙詞》一卷、王安石《半山詞》一卷、張先《子野詞》一卷、賀鑄《東山寓聲樂府》三卷，皆有成書，而見於他刻也。余謂承十國之遺者爲晏、歐，肇慢詞之祖者爲柳永，具溫、韋之情者爲張先，洗綺羅之習者爲蘇軾，得騷雅之意者爲賀鑄，開婉約之風者爲秦觀，集古今之成者爲邦彥。此外或力非專詣，或才工片言，要非八家之敵也。因論列如左。

(1)**晏殊**　字同叔，臨川人。官至樞密使。有《珠玉詞》一卷。錄〈蝶戀花〉一首：

南雁依稀回側陣，雪霽牆陰，偏覺蘭芽嫩。中夜夢餘消酒困，爐香捲穗燈生暈。
急景流年都一瞬，往事前歡，未免縈方寸。臘後花期知漸近，寒梅已作東風信。

宋初如王禹偁、錢惟演輩，亦有小詞。王之〈點絳唇〉、錢之〈玉樓春〉，雖有佳處，實非專家。故宋詞應以元獻爲首。所作〈浣溪沙〉，有「無可奈何花落去，似曾相識燕歸來」之語，爲一時傳誦，相傳下語爲王琪所對（見《後齋漫錄》），無俟深考。即「重頭歌韻響琤琤，入破舞腰紅亂旋」，亦僅形容歌舞之勝，非詞家之極則，總不及此詞之俊逸也。宋初諸家，靡不祖述二主，憲章正中，同叔去五代未遠，馨烈所扇，得之最先。劉攽《中山詩話》謂：元獻喜馮延巳詞，其所自作，亦不減延巳。此語亦是。第細讀全詞，頗有可議者，如〈浣溪沙〉之「淡淡梳妝薄薄衣，天仙模樣好容儀」，〈訴衷情〉之「東城南陌花下，逢著意中人」，又「心心念念，說盡無憑，只是相思」諸語，庸劣可鄙，已開山谷、三變俳語之體，餘甚無取也。惟「滿目山河空念遠，落花風雨更傷春」二語，較「無可奈何」，勝過十倍，而人未之知，可云陋矣。

(2) **歐陽修** 宇永叔，廬陵人。官至兵部尙書。有《六一居士集》，詞附。錄〈踏莎行〉一首：

候館梅殘，溪橋柳細。草薰風暖搖征轡。離愁漸遠漸無窮，迢迢不斷如春水。寸寸柔腸，盈盈粉淚。樓高莫近危欄倚。平蕪盡處是春山，行人更在春山外。

宋初大臣之為詞者，寇萊公、宋景文、范蜀公與歐陽公，並有聲藝苑。然數公或一時興到之作，未為專詣。獨元獻與文忠，學之既至，為之亦勤，翔雙鵠於交衢，馭二龍於天路。且文忠家廬陵，元獻家臨川，詞之有西江派，轉在詩先，亦云奇矣。公詞純疵參半，蓋為他人竄易。蔡絛《西清詩話》云：「歐詞之淺近者，謂是劉輝偽作。」《名臣錄》亦云：「修知貢舉。為下第舉子劉輝等所忌，以〈醉蓬萊〉、〈望江南〉誣之。」是讀公詞者，當別具會心也。至〈生查子〉《元夜燈市》，竟誤載淑眞詞中，遂啓升庵之妄論，此則深枉矣。余按公詞以此為最婉轉，以〈少年遊〉《詠草》為最工切超脫，當亦百世之公論也。

(3) **柳永** 字耆卿，初名三變，崇安人。官至屯田員外郎。有《樂章集》。錄〈雨霖鈴〉一首：

寒蟬淒切，對長亭晚，驟雨初歇。都門帳飲無緒，方留戀處，蘭舟催發。執手相看淚眼，竟無語凝噎。念去去千里煙波，暮靄沉沉楚天闊。　多情自古傷離別，更那堪冷

落清秋節。今宵酒醒何處?楊柳岸曉風殘月。此去經年,應是良辰好景虛設。便縱有千種
風情,更與何人說!

《能改齋漫錄》云:「仁宗留意儒雅,務本向道,深斥浮艷虛華之文。初,進士柳三變,好爲淫冶謳歌之曲,傳播四方,嘗有〈鶴沖天〉詞云:『忍把浮名,換了淺斟低唱。』及臨軒放榜,特落之曰:『且去淺斟低唱,何要浮名!』景祐元年,方及第。後改名永,方得磨勘轉官。」《後山詩話》云:「柳三變遊東都南北二巷,作新樂府,骫骳從俗,天下詠之,遂傳禁中。仁宗頗好其詞,每對宴,必使侍從歌之再三。三變聞之,作宮詞,號〈醉蓬萊〉,因內官達後宮,且求其助。仁宗聞而覺之,自是不復歌其詞矣。」黃花庵云:「永爲屯田員外郎,會太史奏老人星現,時秋霽,宴禁中,仁宗命左右詞臣爲樂章,內侍囑柳應制。柳方冀進用,作此詞進(指〈醉蓬萊〉詞)。上見首有『漸』字,色若不懌。讀至『宸游鳳輦何處』,乃與御制眞宗挽詞暗合,上慘然。又讀至『太液波翻』,曰:『何不言波澄?』投之於地。自此不復擢用。」《錢塘遺事》云:「孫何帥錢塘,柳耆卿作〈望海潮〉詞贈之,有『三秋桂子,十里荷香』之句。此詞流播,金主亮聞之,欣然起投鞭渡江之志。」據此,則柳之侘傺無聊,與詞名之遠,概見一斑。余謂柳詞

僅工鋪敘而已，每首中事實必清，點景必工，而又有一二警策語，爲全詞生色，其工處在此也。馮夢華謂其「曲處能直，密處能疏，奡處能平，狀難狀之景，達難達之情，而出之以自然，自是北宋巨手。然好爲俳體，詞多媟黷，有不僅如《提要》所云以俗爲病者。」此言甚是。余謂柳詞皆是直寫，無比興，亦無寄託，見眼中景色，即說意中人物，便覺直率無味，況時時有俚俗語。如〈晝夜樂〉云：「早知恁地難拚，悔不當初留住。其奈風流端正外，更別有繫人心處。一日不思量，也攢眉千度。」〈夢還京〉云：「追悔當初，繡閣話別太容易。」〈鶴沖天〉云：「假使重相見，還得似當初嗎？悔恨無計，那迢迢長夜，自家只恁摧挫。」〈兩同心〉云：「個人人昨夜分明，許伊偕老。」〈征部樂〉云：「待這回好好憐伊，更不輕拆。」皆率筆無咀嚼處。諸如此類，不勝枚舉，實不可學。且通本皆摹寫豔情，追述別恨，見一斑已具全豹，正不必字字推敲也。惟北宋慢詞，確創自耆卿，不得不推爲大家耳。

(4) **張先**　字子野，吳興人。爲都官郎中。有《安陸集》。錄〈卜算子慢〉一首：

溪山別意，煙樹去程，日落采蘋春晚。欲上征鞍，更掩翠簾。回面相盼，惜彎彎淺黛長長眼。奈晝閣歡遊，也學狂花亂絮輕散。　水影橫池館，對靜夜無人，月高雲遠。一晌凝思，兩眼淚痕還滿。難遣恨，私書又逐東風斷。縱夢澤層樓萬尺，望湖城那見。

《古今詩話》云：「有客謂子野曰：『人皆謂公張三中，即心中事，眼中淚，意中人也。』公曰：『何不目之爲張三影？』客不曉。公曰：『「雲破月來花弄影」，「嬌柔懶起，簾壓卷花影」，「柳徑無人，墮飛絮無影」，此皆余平生所得意也。』」《石林詩話》云：「張先郎中，能爲詩及樂府，至老不衰。居錢塘，蘇子瞻作倅時，先年已八十餘，視聽尚精強，猶有聲妓。子瞻嘗贈以詩云：『詩人老去鶯鶯在，公子歸來燕燕忙。』蓋全用張氏故事戲之。」是子野生平亦可概見矣。今所傳《安陸集》，凡詩八首，詞六十八首。詩不論。詞則最著者，爲〈一叢花〉，爲〈定風波〉，爲〈玉樓春〉，爲〈天仙子〉，爲〈碧牡丹〉，爲〈謝池春〉，爲〈青門引〉。余謂子野詞氣度宛似美成，如〈木蘭花慢〉云：「行雲去後遙山暝，已放笙歌池院靜。中庭月色正清明，無數楊花過無影。」〈山亭宴〉云：「落花蕩漾怨空樹，曉山靜，數聲杜宇。天意送芳菲，正黯淡疏煙短雨。」〈漁家傲〉云：「天外吳門清霅路，君家正在吳門住。贈我柳枝情幾許。春滿縷，爲君將入江南去。」此等詞意，同時鮮有及者也。蓋子野上結晏、歐之局，下開蘇、秦之先，在北宋諸家中適得其平。有含蓄處，亦有發越處，但含蓄不似溫、韋，發越亦不似豪蘇、膩柳。規模既正，氣格亦古，非諸家能及也。晁無咎曰：「子野與耆卿齊名，而時以子野不及耆卿，然子野韻高，是耆卿所乏處。」余謂子野若仿耆卿，則隨筆可成珠玉；耆卿若效子野，則出語終難安雅。不獨涇渭之分，抑且有雅鄭之別，世有識者，當不河漢。

(5)**蘇軾** 字子瞻，眉山人。嘉祐初，試禮部第一。歷官翰林學士。紹聖初，安置惠州，徙昌化。元符初，北還，卒於常州。高宗朝，謚文忠。有《東坡居士詞》二卷。錄〈水龍吟〉一首賦楊花：

似花還似非花，也無人惜從教墜。拋家傍路，思量卻是，無情有思。縈損柔腸，睏酣嬌眼，欲開還閉。夢隨風萬里，尋郎去處，又還被鶯呼起。　不恨此花飛盡，恨西園落紅難綴。曉來雨過，遺蹤何在，一池萍碎。春色三分，二分塵土，一分流水。細看來不是楊花，點點是離人淚。

東坡詞在宋時已議論不一。如晁無咎云：「居士詞，人多謂不諧音律，然橫放傑出，自是曲子內縛不住者。」陳無己云：「東坡以詩爲詞，如教坊雷大使之舞，雖極天下之工，要非本色。」陸務觀云：「世言東坡不能詞，故所作樂府，詞多不協。晁以道謂紹聖初，與東坡別於汴下，東坡酒酣，自歌古《陽關》，則公非不能歌，但豪放不喜裁剪以就聲律耳。」又云：「東坡詞，歌之曲終，覺天風海雨逼人。」胡致堂云：「詞曲至東坡，一洗綺羅香澤之態，擺脫綢繆宛轉之度，使人登高望遠，舉首高歌，逸懷浩氣，超乎塵垢之外，於是《花間》爲皂隸，而耆卿爲輿臺矣。」張叔夏云：「東坡詞清麗舒徐處，高出人表。周、秦諸人，所不能到。」此在當時毀譽已不定矣。至《四庫提要》云：「詞至晚唐五季以來，以清切婉麗爲宗。至柳永而一變，如詩家之有白居易；至軾而又一變，如詩家之有韓愈，遂開南宋辛棄疾等一派。尋源溯流，不能不謂之別格，然謂之不工，則不可。」此爲持平之論。余謂公詞豪放縝密，兩擅其長。世人第就豪放處論，遂有鐵板銅琶之誚，不知公婉約處，何讓溫、韋！如〈浣溪沙〉云：「彩索身輕長趁燕，紅窗睡重不聞鶯。」〈祝英臺〉云：「掛輕帆，飛急槳，還過釣臺路。酒病無聊，欹枕聽鳴櫓。」〈永遇樂〉云：「天涯倦客，山中歸路，望斷故園心眼。燕子樓空，佳人何在？空鎖樓中燕。」〈西江月〉云：「高情已逐曉雲空，不與梨花同夢。」此等處，與「大江東去」、「把酒問青天」諸作，如出兩手，不獨「乳燕飛華屋」、

「缺月掛疏桐」諸詞，爲別有寄託也。要之公天性豁達，襟抱開朗，雖境遇迍邅，而處之坦然，即去國離鄉，初無羈客遷人之感，惟胸懷坦蕩，詞亦超凡入聖。後之學者，無公之胸襟，強爲摹仿，多見其不知量耳。

(6)**賀鑄**　鑄，字方回，衛州人。孝惠皇后族孫。元祐中，通判泗州，又倅太平州。退居吳下，自號慶湖遺老。有《東山寓聲樂府》。錄〈柳色黃〉一首：

薄雨收寒，斜照弄晴，春意空闊。長串柳梢才黃，倚馬何人先折？煙橫水漫，映帶幾點歸鴻，平沙銷盡龍沙雪。猶記出關來，恰而今時節。　將發，畫樓芳酒，紅淚清歌，便成輕別。回首經年，杳杳音塵都絕。欲知方寸，共有幾許新愁？芭蕉不展丁香結。憔悴一天涯，兩厭厭風月。

張文潛云：「方回樂府，妙絕一世，盛麗如游金、張之堂，妖冶如攬嬙、施之袪，幽索如屈、宋，悲壯如蘇、李。」周少隱云：「方回有『梅子黃時雨』之句，人謂之『賀梅子』。方回寡髮，郭功父指其髻謂曰：『此眞賀梅子也。』」陸務觀云：「方回狀貌奇醜，俗謂之『賀鬼頭』。其詩文皆高，不獨長短句也。」據此，則方回大概可見矣。所著《東山寓聲樂府》，宋刻本從未見過，今所據者，只王刻、毛刻、朱刻而已。所謂「寓聲」者，蓋用舊調譜詞，即摘取本詞中語，易以新名，後《東澤綺語債》略同此例。王半塘謂如平園近體、遺山新樂府類，殊不倫也。(詞中〈清商怨〉名〈爾汝歌〉、〈思越人〉名〈半死桐〉、〈武陵春〉名〈花想容〉、〈南歌子〉名〈醉厭厭〉、〈一落索〉名〈窗下繡〉，皆就詞句改易，如「如此江山」、「大江東去」等是也。)方回詞最傳述人口者，為〈薄倖〉、〈青玉案〉、〈望湘人〉、〈踏莎行〉諸闋，固為傑出之作。他如〈踏莎行〉云：「斷無蜂蝶夢幽香，紅衣脫盡芳心苦。」又云：「當年不肯嫁東風，無端卻被西風誤。」〈下水船〉云：「燈火虹橋，難尋弄波微步。」〈訴衷情〉云：「秦山險，楚山蒼，更斜陽。畫橋流水，曾見扁舟，幾度劉郎。」〈御街行〉云：「更逢何物可忘憂？為謝江南芳草。斷橋孤驛，冷雲黃葉，想見長安道。」諸作皆沉鬱，而筆墨極飛舞，其氣韻又在淮海之上，識者自能辨之。至〈行路難〉一首，頗似玉川長短句詩，諸家選本，概未之及。詞云：「縛虎手，懸河口，車如雞棲馬如狗。白綸巾，撲黃塵，不知我輩、可是蓬蒿人。衰蘭送客咸陽道，天若有情天亦老。作雷顛，不論錢，誰問旗亭、美酒斗十千。　酌大斗，更為壽，青鬢常青古無有。笑嫣然，舞翩然，當壚秦女、十五語如弦。遺音能寄秋風曲，事去千年猶恨促。攬流光，繫扶桑，爭奈愁來、一日卻為長。」與〈江南春〉七古體相似，為方回所獨有也。要之騷情雅意，哀怨無端，蓋得力於風雅，而出之以變化，故能具綺羅之麗，而復得山澤之清。（《別東山》詞云：「雙攜纖手別煙蘿，紅粉清泉相照。」可云自道詞品。）此境不可一蹴即幾也。世人徒知「黃梅雨」佳，非眞知方回者。

(7) **秦觀**　觀，字少游，高郵人。登第後，蘇軾薦於朝，除太學博士，遷正字，兼國史院編修。坐黨籍遣戍。有《淮海詞》三卷。錄〈踏莎行〉一首：

霧失樓臺，月迷津渡，桃源望斷無尋處。可堪孤館閉春寒，杜鵑聲裏斜陽暮。驛寄梅花，魚傳尺素，砌成此恨無重數。郴江幸自繞郴山，爲誰流下瀟湘去。

晁無咎云：「近來作者，皆不及少游。如『斜陽外，寒鴉數點，流水繞孤村』，雖不識字人，亦知是天生好言語。」蔡伯世云：「子瞻辭勝乎情，耆卿情勝乎辭，辭情相稱者，惟少游而已。」張綖云：「少遊多婉約，子瞻多豪放，當以婉約爲主。」葉少蘊云：「少游樂府，語工而入律，知樂者謂之作家歌。子瞻戲之『山抹微雲秦學士，露花倒影柳屯田』，微以氣格爲病也。」諸家論斷，大抵與子瞻並論，余謂二家不能相合也。子瞻胸襟大，故隨筆所之，如怒瀾飛空，不可狎視。少游格律細，故運思所及，如幽花媚春，自成馨逸。其〈滿庭芳〉諸闋，大半被放後作，戀戀故國，不勝熱中，其用心不逮東坡之忠厚，而寄情之遠，措語之工。則各有千古。他作如〈望海潮〉云：「柳下桃蹊，亂分春色到人家。西園夜飲鳴笳。有華燈礙月，飛蓋妨花。」〈水龍吟〉云：「花下重門，柳邊深巷，不堪回首。」〈風流子〉云：「斜日半山，暝煙兩岸，數聲橫笛，一葉扁舟。」〈鵲橋仙〉云：「兩情若是久長時，又豈在朝朝暮暮。」〈千秋歲〉云：「春去也，飛紅萬點愁如海。」〈浣溪沙〉云：「自在飛花輕似夢，無邊絲雨細如愁。」此等句皆思路沉著，極刻畫之工，非如蘇詞之縱筆直書也。北宋詞家以縝密之思，得遒煉之致者，惟方回與少游耳。今人以秦、柳並稱，柳詞何足相比哉！（《高齋詩話》云：「少游自會稽入都，見東坡。東坡曰：『不意別後卻學柳七作詞。』少游曰：『某雖無學，亦不如是。』東坡曰：『「銷魂當此際」，非柳七語乎？』」據此則少游雅不願與柳齊名矣。）惟通觀集中，亦有俚俗處。如〈望海潮〉云：「妾如飛絮，郎如流水，相沾便肯相隨。」〈滿園花〉云：「近日來、非常羅皂醜，佛也須眉皺，怎掩得旁人口。」〈迎春樂〉云：「怎得香香深處，作個蜂兒抱。」〈品令〉云：「幸自得一分索強，教人難吃。好好地惡了十來日，恰而今較些不。」又云：「簾兒下時把鞋兒踢，語低低，笑咭咭。」又云：「人前強不欲相沾識，把不定、臉兒赤。」竟如市井荒傖之言，不過應坊曲之請求，留此惡札。詞家如此，最是魔道，不得以宋人之作，爲之文飾也。但全集只此三四首，尚不足爲盛名之累。

(8)**周邦彥**　字美成，錢塘人。元豐中，獻《汴都賦》，召爲太學正。徽宗朝，仕至徽猷閣待制，提舉大晟府，出知順昌府。晚居明州，卒。自號清眞居士。有《清眞集》。錄〈瑞龍吟〉一首：

章臺路，還見褪粉梅梢，試花桃樹。愔愔坊陌人家，定巢燕子，歸來舊處。黯凝佇，因記個人癡小，乍窺門戶。侵晨淺約宮黃，障風映袖，盈盈笑語。

前度劉郎重到，訪鄰尋里，同時歌舞。惟有舊家秋娘，聲價如故。吟箋賦筆，猶記燕臺句。知誰伴名園露飲，東城閑步。事與孤鴻去。探春盡是傷離意緒。官柳低金縷，歸騎晚，纖纖池塘飛雨。斷腸院落，一簾風絮。

陳郁《藏一話腴》云：「美成自號清眞，二百年來，以樂府獨步。貴人、學士、市儈、妓女，皆知美成詞爲可愛。」樓攻愧云：「清眞樂府播傳，風流自命，『顧曲』名堂，不能自已。」《貴耳錄》云：「美成以詞行，當時皆稱之。不知美成文章大有可觀，可惜以詞掩其他文也。」強煥序云：「美成模寫物態，曲盡其妙。」陳質齋云：「美成詞多用唐人詩，隱括入律，混然天成。長調尤善鋪敍，富艷精工，詞人之甲乙也。」張叔夏云：「美成詞渾厚和雅，善於融化詩句。」沈伯時云：「作詞當以清眞爲主，蓋清眞最爲知音，且下字用意，皆有法度。」此宋人論清眞之說也。余謂詞至美成，乃有大宗，前收蘇、秦之終，後開姜、史之始，自有詞人以來，爲萬世不祧之宗祖。究其實，亦不外「沉鬱頓挫」四字而已。即如〔瑞龍吟〕一首，其宗旨所在，在「傷離意緒」一語耳。而入手先指明地點曰「章臺路」，卻不從目前景物寫出，而云「還見」，此即沉鬱處也。須知「梅梢」「桃樹」，原來舊物，惟用「還見」云云，則令人感慨無端，低徊欲絕矣。首疊末句云：「定巢燕子，歸來舊處。」言燕子可歸舊處。所謂「前度劉郎」者，即欲歸舊處而不得，徒彳亍於「愔愔坊陌」，章臺故路而已，是又沉鬱處也。第二疊「黯凝佇」一語爲正文，而下文又曲折，不言其人不在，反追想當日相見時狀態，用「因記」二字，則通體空靈矣，此頓挫處也。第三疊「前度劉郎」，至「聲價如故」，言個人不見，但見同里秋娘，未改聲價，是用側筆以襯正文，又頓挫處也。「燕臺句」，用義山柳枝故事，情景恰合。「名園露飲，東城閑步」，當日已亦爲之，今則不知伴著誰人，賡續雅舉，此「知誰伴」三字，又沉鬱之至矣。「事與孤鴻去」三語，方說正文，以下說到歸院，層次井然，而字字淒切。末以「飛雨」、「風絮」作結，寓情於景，倍覺黯然。通體僅「黯凝佇」、「前度劉郎重到」、「傷離意緒」三語，爲作詞主意。此外則頓挫而復纏綿，空靈而又沉鬱，驟視之，幾莫測其用筆之意，此所謂神化也。他作亦復類此，不能具述。總之，詞至清眞，實是聖手，後人竭力摹效，且不能形似也。至說部紀載，如〈風流子〉爲溧水主簿姬人作，〈少年遊〉爲道君幸李師師家作，〈瑞鶴仙〉爲睦州夢中作，此類頗多，皆稗官附會，或出之好事忌名，故作訕笑，等諸無稽。倘史傳所謂「邦彥疏雋少檢，不爲州里推重」者，此歟？

右北宋八家，皆迭長壇坫，爲世誦習者也。其有詞不甚高，聲譽頗盛，題襟點筆，間亦不俗，雖非作家之極，亦在附庸之列，成作咸在，不可廢也。因復總述之。

(1)王安石 《金陵懷古》

登樓送目，正故國晚秋，天氣初肅。千里澄江似練，翠峰如簇。征帆去掉斜陽裏，背西風，酒旗斜矗。彩舟雲淡，星河鷺起，畫圖難足。 念自昔，豪華競逐。嘆門外樓頭，悲恨相續。千古憑高對此，漫嗟榮辱。六朝舊事隨流水，但寒煙衰草凝綠。至今商女，時時猶唱，後庭遺曲。〈桂枝香〉

荊公不以詞見長，而〔桂枝香〕一首，大爲東坡嘆賞，各家選本，亦皆採錄，第其詞只穩愜而已。他如〔菩薩蠻〕、〔漁家傲〕、〔清平樂〕、〔浣溪沙〕等，間有可觀。至〔浪淘沙〕之「伊呂兩衰翁」、〔望江南〕之「歸依三寶贊」，直俚語耳。

(2)晏幾道〔臨江仙〕

夢後樓臺高鎖，酒醒簾幕低垂。去年春恨卻來時，落花人獨立，微雨燕雙飛。

記得小蘋初見，兩重心字羅衣，琵琶弦上說相思。當時明月在，曾照彩雲歸。

小山詞之最著者，如此詞之「落花」二句。及〔鷓鴣天〕之「舞低楊柳樓心月，歌盡桃花扇底風」，又「今宵剩把銀釭照，猶恐相逢是夢中」，又「夢魂慣得無拘檢，又踏楊花過謝橋」，〔浣溪沙〕之「戶外綠楊春繫馬，床頭紅燭夜呼盧」，皆爲世人盛稱者。余謂艷詞自以小山爲最，以曲折深婉，淺處皆深也。

(3)李之儀〔卜算子〕

我住長江頭，君住長江尾。日日思君不見君，共飲長江水。　此水幾時休，此恨何時已。只願君心似我心，定不負，相思意。

此詞盛傳於世，以爲古樂府俊語是也。但不善學之，易流於滑易。《姑溪詞》中佳者殊鮮，如〈千秋歲〉之「東風半落梅梢雪」，〈南鄉子〉之「西牆，猶有輕風遞暗香」亦工。此外皆平直而已。

(4) 周紫芝〈朝中措〉

雨餘庭院冷蕭蕭，簾幕度輕飆。鳥語喚回殘夢，春寒勒住花梢。　無聊睡起，新愁黯黯，歸路迢迢。又是夕陽時候，一爐沉水煙銷。

孫競謂：「竹坡樂章，清麗婉曲，非苦心刻意爲之。」此言極是。竹坡少師張耒，行輩稍長李之儀，而詞則學小山者也。人第賞其〈鷓鴣天〉之「梧桐葉上三更雨，葉葉聲聲是別離」，〈醉落魄〉之「曉寒誰看伊梳掠，雪滿西樓，人在欄杆角」，〈生查子〉之「不忍上西樓，怕看來時路」諸語，實皆聰俊句耳。余最愛〈品令〉登高詞，其後半云：「黃花香滿，記白苧吳歌軟。如今卻向、亂山叢裡，一枝重看。對著西風搔首，爲誰腸斷？」沉著雄快，似非小山所能也。

(5)葛勝仲〔鷓鴣天〕

小榭幽圓翠箔垂，雲輕日薄淡秋暉。菊英露浥淵明徑，藕葉風吹叔寶池。　酬素景，泥芳卮，老人癡鈍強伸眉。歡嘩莫遣笙歌散，歸路從教燈影稀。

魯卿與常之，亦如元獻、小山也。然門第譽望，可以齊驅，至論詞，則虎賁之與中郎矣。魯卿以〔驀山溪〕、〔天穿節〕二首得盛譽，其詞亦平平，蓋名高而實不足副也。余愛其〔點絳唇〕末語「亂山無數，斜日荒城鼓」，可與范文正「長煙落日孤城閉」並美。餘不稱矣。

(6)黃庭堅〔虞美人〕

天涯也有江南信，梅破知春近。夜闌風細得香遲，不道曉來開遍向南枝。　玉臺弄粉花應妒，飄到眉心住。平生個裏願杯深，去國十年老盡少年心。《宜州見梅作》

晁無咎謂：「山谷詞，不是當行家，乃著腔唱好詩。」此言洵是。陳後山乃云：「今代詞手，惟秦七與黃九。」此實阿私之論、山谷之詞，安得與太虛並稱？

較耆卿且不逮也。即如〈念奴嬌〉下片，如「共倒金尊家萬里，難得尊前相屬。老子平生，江南江北，愛聽臨風曲」。世謂可並東坡，不知此僅豪放耳，安有東坡之雄俊哉？

(7)張耒〈風流子〉

亭皋木葉下，重陽近，又是擣衣秋。奈愁入庾腸，老侵潘鬢，漫簪黃菊，花也應羞。楚天晚，白蘋煙盡處，紅蓼水邊頭。芳草有情，夕陽無語，雁橫南浦，人倚西樓。玉容知安否？香箋共錦字，兩處悠悠。空恨碧雲離合，青鳥沉浮。向風前懊惱，芳心一點，寸眉兩葉，禁甚閑愁。情到不堪言處，分付東流。

此詞僅「芳草」四語為俊語，通體布局，宛似耆卿，故下片說到本事，即如強弩之末矣。元祐諸公，皆有樂府，惟張僅見〈少年遊〉、〈秋蕊香〉及此詞。胡元任以為不在元祐諸公之下，非公論也。（〈少年遊〉、〈秋蕊香〉二詞，為營伎劉淑奴作。）

(8) **陳師道**〈清平樂〉

秋光燭地，簾幕生秋意。露葉翻風驚鵲墜，暗落青林紅子。　微行聲斷長廊，薰爐衾換生香。滅燭卻延明月，攬衣先怯微涼。

胡元任云：「後山自謂他文未能及人，獨於詞不減秦七、黃九。」其自矜如此。而放翁題跋則云：「陳無己詩妙天下，以其餘作詞，宜其工矣。顧乃不然，殆未易曉也。」余謂後山詞，較文潛爲優。如〈菩薩蠻〉云：「急雨洗香車，天回河漢斜」，〈蝶戀花〉云：「路轉河回寒日暮，連峰不許重回顧」等語，皆勝。放翁所云，亦非公也。

(9) **程垓**〈南浦〉

金鴨懶薰香，向晚來，春酲一枕無緒。濃綠漲瑤窗，東風外，吹盡亂紅飛絮。無言佇立，斷腸惟有流鶯語。碧雲欲暮，空惆悵，韶華一時虛度。　追思舊日心情，記題葉西樓，吹花南浦。老去覺歡疏，傷春恨，多付斷雲殘雨。黃昏院落，問誰猶在憑欄處？可堪杜宇，空只解聲聲，催他春去。

毛子晉云：「正伯與子瞻，中表兄弟也，故集中多溷蘇作，如〈意難忘〉、〈一剪梅〉之類。」余按今傳《書舟詞》，已無蘇作，子晉已刪汰矣。其〈酷相思〉、〈四代好〉、〈折紅英〉諸作，盛爲升庵推許。蓋其詞以淒婉綿麗爲宗，爲北宋人別開生面，自是以後，字句間凝煉漸工，而昔賢疏宕之致微矣。

⑽毛滂〔臨江仙〕

聞道長安燈夜好，雕輪寶馬如雲。蓬萊清淺對觚棱，玉皇開碧落，銀界失黃昏。誰見江南憔悴客？端憂懶步芳塵。小屏風畔冷香凝，酒濃春入夢，窗破月尋人。《都城元夕》

滂以〈惜分飛〉贈伎詞得盛名。陳質齋且云：「澤民他詞雖工，未有能及此者。」所見太狹矣。《東堂詞》中佳者殊多，如〈浣溪沙〉云：「小雨初收蝶做團，和風輕拂燕泥乾，秋千院落落花寒。」〈七娘子〉云：「雲外長安，斜暉脈脈，西風吹夢來無跡。」〈驀山溪〉《楊花》云：「柔弱不勝春，任東風吹來吹去。」皆俊逸可喜，安得云〈惜分飛〉爲最乎？即此詞之「酒濃」二句，何減「雲破月來」風調。

⑾晁補之〔摸魚兒〕

買陂塘旋栽楊柳，依稀淮岸湘浦。東皋雨足輕痕漲，沙觜鷺來鷗聚。堪愛處，最好是，一川夜月光流渚。無人自舞，任翠幕張天，柔茵藉地，酒盡未能去。

青綾被，休憶金閨故步，儒冠曾把身誤。弓兵千騎成何事，荒了邵平瓜圃。君試覷，滿青鏡，星星鬢影今如許。功名浪語，便做得班超，封侯萬里，歸計恐遲暮。

無咎詞酷似東坡，不獨此作然也。如〔滿江紅〕之「東武南城」、〔永遇樂〕之「松菊堂深」，皆直摩子瞻之壘。而靈氣往來，自有天然之秀。胡元任盛稱其〔洞仙歌〕《泗州中秋作》，謂如常山之蛇，救首救尾，可云知無咎者矣。

⑿晁端禮〔水龍吟〕

倦遊京洛風塵，夜來病酒無人問。九衢雪少，千門月淡，元宵燈近。香散梅梢，凍銷池面，一番春信。記南城醉裏，西城宴闋，都不管人春睏。

屈指流年未幾，早驚人潘郎雙鬢。當時體態，而今情緒，多應瘦損。馬上牆頭，縱教瞥見，也難相認。憑欄杆，但有盈盈淚眼，把羅襟搵。

次膺爲無咎叔，蔡京薦於朝，詔乘驛赴闕。次膺至，適禁中嘉蓮生，遂屬詞以進，名〈並蒂美蓉〉。上覽稱善，除大晟府協律，不克受而卒。今《琴趣外篇》有〈鴨頭綠〉、〈黃河清慢〉，皆所創也。其才亦不亞於清眞云。

⒀ **萬俟雅言〈昭君怨〉**

春到南樓雪盡，驚動燈期花信。小雨一番寒，倚欄杆。　莫把欄杆頻倚，一望幾重煙水。何處是京華？暮雲遮。

雅言自號詞隱，與清眞堂名顧曲，其旨相同。崇寧中。充大晟府制撰，又與清眞同官。今《大聲集》雖不傳，而如〈春草碧〉、〈三臺〉、〈卓牌兒〉諸詞，固流播千古也。黃叔暘謂其詞「平而工，和而雅」，洵然。

右附錄十三家。姑溪、竹坡、丹陽三家，則學晏氏父子者也；文潛、後山、正伯、東堂、無咎，則屬於蘇門者也。次膺、詞隱爲邦彥同官，討論古音古調，又復增演慢、曲、引、近，或爲三犯、四犯之曲，皆知音之士，故當繫諸清眞之下。荊公、山谷，實非專家，盛譽難沒，因附人焉。

第二　南宋人詞略

詞至南宋，可云極盛時代。黃升散花庵《中興以來絕妙詞選》十卷，始於康與之，終於洪瑹；周密《絕妙好詞》七卷，始於張孝祥，終於仇遠，合訂不下二百家。二書皆選家之善本，學者必須探討，顧由博返約，首當抉擇。茲選論七家，爲南渡詞人之表率，即稼軒、白石、玉田、碧山、梅溪、夢窗、草窗是也。此外附錄所及，各以類聚，亦可略見大概矣。

(1) **辛棄疾**　字幼安，歷城人。耿京聚兵山東，節制忠義軍馬，留掌書記。紹興中，令奉表南歸，高宗召見，授承務郎，累官浙東安撫使，進樞密都承旨。有《稼軒長短句》十二卷。

賀新郎

獨坐停雲作

甚矣吾衰矣！悵平生交遊零落，只今餘幾？白髮空垂三千丈，一笑人間萬事，問何物能令公喜？我見青山多嫵媚，料青山見我亦如是。情與貌，略相似。

一尊搔首東窗裏，想淵明停雲詩就，此時風味。江左沉酣求名者，豈識濁醪妙理？回首叫雲飛風起。不恨古人吾不見，恨古人不見吾狂耳。知我者，二三子。

陳子宏云：「蔡元工於詞，靖康中，陷金。辛幼安以詩詞謁蔡，曰：『子之詩則未也。他日當以詞名家。』」劉潛夫云：「公所作大聲鏜鞳，小聲鏗鍧，橫絕六合，掃空萬古。其穠麗綿密者，又不在小晏、秦郎之下。」毛子晉云：「詞家爭鬥穠纖，而稼軒率多撫時感事之作，磊落英多，絕不作妮子態。宋人以東坡爲詞詩，稼軒爲詞論，善評也。」陳亦峰云：「稼軒詞自以〈賀新郎〉一篇爲冠，《別茂嘉十二弟》沉鬱蒼涼，跳躍動蕩，古今無此筆力。」余謂學稼軒詞，須多讀書，不用書卷，徒事叫囂，便是蔣心餘、鄭板橋，去「沉鬱」二字遠矣。辛詞著力太重處，如〈破陣子〉《爲陳同甫賦壯詩以寄之》、〈瑞鶴仙〉《南澗雙溪樓》等作，不免劍拔弩張。至如〈鷓鴣天〉云：「卻將萬字平戎策，換得東郊種樹書。」讀之不覺衰颯。〈臨江仙〉云：「別浦鯉魚何日到？錦書封恨重重。海棠花下去年逢。也應隨分瘦，忍淚覓殘紅。」婉雅芊麗，孰謂稼軒不工致語耶？又〈蝶戀花〉《元日立春》云：「今歲花期消息定，只愁風雨無憑准。」蓋言榮辱不定，遭讒無常，言外有多少疑懼哀怨，而仍是含蓄不盡。此等處，雖迦陵且不能知，遑論餘子。世以〈摸魚子〉一首爲最佳，亦有見地，但啓譏諷之端。陳藏一之《詠雪》，德祐太學生之〈百字令〉，往往易招愆尤也。

(2) **姜夔**　字堯章，鄱陽人。蕭東父識之於年少，妻以兄子，因寓居吳興之武康，與白石洞天爲鄰，自號白石道人。慶元中，曾上書乞正太常雅樂。有《白石詩》一卷、詞五卷。錄詞一首：

霓裳中序第一

亭皋正望極，亂落江蓮歸未得。多病卻無氣力，況紈扇漸疏，羅衣初索。流光過隙，嘆杏梁、雙燕如客。人何在？一簾淡月，彷彿照顏色。　幽寂，亂蛩吟壁。動庾信、清愁似織。沉思年少浪跡。笛裏關山，柳下坊陌。墜紅無信息，漫暗水、涓涓流碧。漂零久，而今何意？醉臥酒壚側。

宋人詞如美成樂府，僅注明宮調而已。宮調者，即說明用何等管色也，如仙呂用小工、越調用六字類，蓋爲樂工計耳。白石詞，凡舊牌皆不注明管色，而獨於自度腔十七支，不獨書明宮調，並樂譜亦詳載之。宋代曲譜，今不可見，惟此十七闋，尚留歌詞之法於一線。因悟宋人歌詞之法，皆用舊譜，故白石於舊牌各詞，概不申說，而於自作諸譜，不殫詳錄也。何以明之？白石詞〈滿江紅〉序云：「〈滿江紅〉舊詞用仄韻，多不協律。如末句云『無心撲』三字，歌者將『心』字融入去聲，方諧音律。」又云：「末句云『聞珮環』，則協律矣。」是白石明知舊譜

「心」字之不協，乃爲此「珮」字之去聲以就歌譜焉。故此詞不注旁譜，以見韻雖用平，而歌則仍舊也。又吳夢窗〈西子妝〉，亦自度腔也。而張玉田和之，且云：「夢窗自製此曲，余喜其聲調嫻雅，久欲效而未能。」又云：「惜舊譜零落，不能倚聲而歌也。」據此，則宋調之能歌者，皆非舊譜零落之詞。夢窗此調，雖嫻雅可觀，而譜法已佚，無從按拍。苟可不拘舊譜，則玉田盡可補苴罅漏，別訂新聲。今寧使闕疑，不敢妄作者，正足見宋人歌詞之法，概守舊腔，非如南北曲之隨字音清濁而爲之挪移音節也。是以吳詞自製腔九支，以不自作譜，元明以來，賡和者絕少；姜詞十七譜俱存，故繼姜而作者至多。於此見譜之存逸，關係於詞之隆替者至重。而宋詞譜之守定成式者，亦緣此可悟矣。南渡以後，國勢日非，白石目擊心傷，多於詞中寄慨，不獨〈暗香〉、〈疏影〉，發二帝之幽憤，傷在位之無人也。特感慨全在虛處，無跡可尋，人自不察耳。蓋詞中感喟，只可用比興體，即比興中亦須含蓄不露，斯爲沉鬱，若慷慨發越，終病淺顯。如〈揚州慢〉「自胡馬窺江去後，廢池喬木，猶厭言兵」，已包含無數傷亂語。又如〈點絳唇〉《丁未冬過吳淞作》，通首只寫眼前景物，至結處云：「今何許？憑欄懷古，殘柳參差舞。」其感時傷事，只用「今何許」三字提唱，無窮哀感，都在虛處。他如〈石湖仙〉、〈翠樓吟〉諸作，自是有感而發，特未敢臆斷耳。（姜詞十七譜，余別有釋詞，今不論。)

(3)**張炎** 字叔夏,號玉田。循王後裔。居臨安,自號樂笑翁。有《玉田詞》三卷,鄭思肖爲之序。錄〔南浦〕一首:

南浦 春水

波暖綠粼粼,燕飛來,好是蘇堤才曉。魚沒浪痕圓,流紅去、翻喚東風難掃。荒橋斷浦,柳陰撐出扁舟小。回首池塘青欲遍,絕似夢中芳草。 和雲流出空山,甚年年淨洗,花香不了。新綠乍生時,孤村路、猶憶那回曾到。餘情渺渺,茂林觴詠如今悄。前度劉郎歸去後,溪上碧桃多少?

玉田詞皆雅正,故集中無俚鄙語,且別具忠愛之致;玉田詞皆空靈,故集中無拙滯語,且又多婉麗之態。自學之者多效其空靈,而立意不深,即流於空滑之弊。豈知玉田用筆,各極其致,而琢句之工,尤能使意筆俱顯。人僅賞其精警,而作者詣力之深,曾未知其甘苦也。如〔憶舊遊〕《大都長春宮》云:「古臺半壓琪樹,引袖拂寒星。」結云:「鶴衣散彩都是雲。」〔壺中天〕《夜渡古黃河》云:「扣舷歌斷,海蟾飛上孤白。」〔渡江雲〕《山陰久客寄王菊存》云:「山空天入海,倚樓望極，風急暮潮初。」〈湘月〉《山陰道中》云：「疏風迎面，濕衣原是空翠。」〈清平樂〉云：「只有一枝梧葉，不知多少秋聲。」〈甘州〉《寄沈堯道》云：「短夢依然江表，老淚灑西州。一字無題處，落葉都愁。」又云：「折蘆花贈遠，零落一身秋。」又《餞草窗西歸》云：「料瘦筇歸後，閑鎖北山雲。」〈臺城路〉《送周方山》云：「暗草埋沙，明波洗月，誰念天涯羈旅。」又《寄太白山人陳又新》云：「虛沙動月，嘆千里悲歌，唾壺敲缺。」又云：「回潮似咽，送一點愁心，故人天末。江影沉沉，夜涼鷗夢闊。」〈長亭怨〉《餞菊泉》云：「記橫笛玉關高處，萬疊沙寒，雪深無路。」〈西子妝〉《江上》云：「楊花點點是春心，替風前萬花吹淚。」〈憶舊遊〉《登蓬萊閣》云：「海日生殘夜，看臥龍和夢，飛入秋冥。還聽水聲東去，山冷不生雲。」此類皆精警無匹，可與堯章頡頏。又如〈邁陂塘〉結處云：「深更靜，待散發吹簫，鶴背天風冷。憑高露飲，正碧落塵空，光搖半壁，月在萬松頂。」沉鬱以清超出之，飄飄有淩雲氣概，自在草窗、西麓之上。至如〈長亭怨〉《餞菊泉》結云「且莫把孤愁，說與當時歌舞」，〈三姝媚〉《送舒亦山》云「賀監猶存，還散跡，千山風露」，又云「布襪青鞋，休誤入桃源深處」，蓋是時菊泉、亦山，各有北遊，語帶箴規，又復自明不仕之志。君國之感，離別之情，言外自見，此亦足見玉田生平矣。

玉田用韻至雜，往往眞文、青庚、侵尋同用，亦有寒刪間雜覃監者，此等處實不足法。惟在入聲韻，則又謹嚴，屋沃不混覺藥，質陌不混月屑，亦不雜他韻。學者當從其謹嚴處，勿藉口玉田，爲文過之地也。

⑷王沂孫　字聖與，號碧山，又號中仙，會稽人。至元中，曾官慶元路學正。有《碧山樂府》二卷。錄詞一首：

齊天樂　　餘閑書院擬賦蟬

一襟遺恨宮魂斷，年年翠陰庭宇。乍咽涼柯，還移暗葉，重把離愁深訴。西窗過雨，漸金錯鳴刀。玉箏調柱。鏡掩殘妝，爲誰嬌鬢尚如許。　銅仙鉛淚似洗，嘆移盤去遠，難貯零露。病翼驚秋，枯形閱世，消得斜陽幾度。餘音更苦，甚獨抱清商，頓成悽楚。漫想薰風，柳絲千萬縷。

大抵碧山之詞，皆發於忠愛之忱，無刻意爭奇之意，而人自莫及。論詞品之高，南宋諸公，當以《花外》爲巨擘焉。其詠物諸篇，固是君國之憂，時時寄託，卻無一筆犯複，字字貼切故也。〔天香〕《龍涎香》一首，當爲謝太后作。其前半多指海外事，惟後疊云：「荀令如今漸老，總忘卻尊前舊風味。」必有寄託，但不知何所指耳。至如〈南浦〉《春水》云：「簾影蘸樓陰，芳流去，應有淚珠千點。滄浪一舸，斷魂重唱蘋花怨。」寄慨處清麗紆徐，斯爲雅正。又〈慶宮春〉《水仙》云：「歲華相誤，記前度湘皋怨別。哀弦重聽，都是凄涼未須徹。」後疊云：「國香到此誰辨？煙冷沙昏，頓成愁絕。」結云：「試招仙魄，怕今夜瑤簪凍折。攜盤獨出，空怨咸陽，故宮落月。」凄涼哀怨，其爲王清惠輩作乎？（清惠等詩詞俱見汪水雲《湖山類稿》。）又〈無悶〉《雪意》後半云：「清致，悄無似。有照水南枝，已攙春意。誤幾度憑欄，暮愁凝睇。應是梨雲夢好，未肯放東風來人世。待翠管吹破蒼茫，看取玉壺天地。」無限怨情，出以渾厚之筆。張皋文《詞選》，碧山詞只取四首，除〈齊天樂〉《賦蟬》外，有〈眉嫵〉《新月》、〈高陽臺〉《梅花》、〈慶清朝〉《榴花》三闋，且於每詞下各注按語。〈眉嫵〉云：「此喜君有恢復之志，而惜無賢臣也。」〈高陽臺〉云：「此傷君臣宴安，不思國恥，天下將亡也。」〈慶清朝〉云：「此言亂世尚有人才，惜世不用也。」是知碧山一片熱腸，無窮哀感，《小雅》怨誹不亂之旨，諸詞有焉。以視白石之〈暗香〉、〈疏影〉，亦有過之無不及。詞至此，蔑以加矣。

(5)**史達祖**　字邦卿，汴人。《四朝聞見錄》：「韓侂胄爲平章，專倚省吏史達祖舉行文字，擬帖擬旨，皆出其手，侍從柬劄，至用申呈。韓敗，遂黥焉。」有

《梅溪詞》一卷。錄詞一首：

三姝媚

煙光搖縹瓦，望晴簷多風，柳花如灑。錦瑟橫床，想淚痕塵影，鳳弦長下。倦出犀帷，頻夢見、王孫驕馬。諱道相思，偷理綃裙，自驚腰衩。　惆悵南樓遙夜，記翠箔張燈，枕肩歌罷。又入銅駝，遍舊家門巷，首訊聲價。可惜東風，將恨與，閒花俱謝。記取崔徽模樣，歸來暗寫。

邦卿爲平原堂吏，千古無不惜之。樓敬思云：「史達祖南宋名士，不得進士出身，以彼文采，豈無論薦？乃甘作權相堂吏，至被彈章，不亦降志辱身之至耶？」讀其《書懷》〔滿江紅〕詞：「好領青衫，全不向詩書中得。」「三徑就荒秋自好，一錢不値貧相逼。」亦自怨自艾者矣。又讀其《出京》〔滿江紅〕詞：「更無人擫笛傍宮牆，苔花碧。」又云：「老子豈無經世術，詩人不預平戎策。」是亦善於解嘲焉。然集中又有《留別社友》〔龍吟曲〕：「楚江南每爲神州未復。欄杆靜，慵登眺。」新亭之泣，未必不勝於蘭亭之集也。乃以詞客終其身，史臣亦不屑道其姓氏，科目之困人如此，豈不可嘆！然則詞人立品，爲尤要矣。戈順卿謂：「周清眞善運化唐人詩句，最爲詞中神妙之境。而梅溪亦擅其長，筆意更爲相近。」又云：「若仿張爲作詞家主客圖，周爲主，史爲客，未始非定論也。」其傾倒梅溪，可爲盡至。余謂白石、梅溪，皆祖清眞，白石化矣，梅溪或稍遜耳。至其高者，亦未嘗不化。如〈湘江靜〉云：「三年夢冷，孤吟意短，屢煙鐘津鼓。屐齒厭登臨，移橙後、幾番涼雨。」又〈臨江仙〉結句云：「枉教裝得舊時多。向來簫鼓地，曾見柳婆娑。」慷慨生哀，極悲極鬱，居然美成復生，較「臨斷岸新綠生時，是落紅帶愁流處」，尤爲沉著。此種境地，卻是梅溪獨到處。

(6)**吳文英**　字君特。四明人。從吳履齋諸公遊。有《夢窗甲乙丙丁稿》四卷。錄詞一首：

鶯啼序

殘寒正欺病酒，掩沉香繡户。燕來晚、飛入西城，似說春事遲暮。畫船載、清明過卻，晴煙冉冉吳宮樹。念羈情遊蕩，隨風化爲輕絮。　十載西湖，傍柳繫馬，趁嬌塵軟霧。溯紅漸招入仙溪，錦兒偷寄幽素。倚銀屏、春寬夢窄，斷紅濕、歌紈金縷。暝堤空，輕把斜陽，總還鷗鷺。　幽蘭旋老，杜若還生，尚水鄉寄旅。別後訪、六橋無信，事往花萎，瘞玉埋香，幾番風雨。長波妒盼，遙山羞黛，漁燈分影春江宿。記當時、短楫桃根渡，青樓彷彿。臨分敗壁題詩，淚墨滲澹塵土。危亭望極，草色天涯，嘆鬢侵半苧。暗點檢、離痕歡唾，尚染鮫綃。嚲鳳迷歸，破鸞慵舞。殷勤待寫，書中長恨，藍霞遼海沉過雁，漫相思、彈入哀箏柱。傷心千里江南，怨曲重招，斷魂在否？

按夢窗詞，以綿麗爲尚，運意深遠，用筆幽邃，煉字煉句，迥不猶人。貌觀之，雕繢滿眼，而實有靈氣行乎其間。細心吟繹，覺味美於方回，引人入勝，既不病其晦澀，亦不見其堆垛。此與清眞、梅溪、白石並爲詞學之正宗，一脈眞傳，特稍變其面目耳。猶之玉谿生之詩，藻采組織，而神韻流轉，旨趣永長，未可妄譏其獺祭也。昔人評騭，多有未當，即如尹惟曉以夢窗並清眞，不知置東坡、少游、方回、白石等於何地，譬之未免溢量。至沈伯時謂其太晦，其實夢窗才情超逸，何嘗沉晦？夢窗長處，正在超逸之中，見沉鬱之思，烏得轉以沉鬱爲晦耶？若叔夏「七寶樓臺」之喻，亦所未解。竊謂東坡〈水調歌頭〉、介甫〈桂枝香〉有此弊病，至夢窗詞，合觀通篇，固多警策，即分摘數語，亦自入妙，何嘗不成片段耶？張皋文《詞選》，獨不收夢窗詞，而以蘇、辛爲正聲，此門戶之見，乃以夢窗與耆卿、山谷、改之輩同列，此眞不知夢窗也。董氏《續詞選》，只取夢窗〈唐多令〉、〈憶舊遊〉兩篇，此二篇絕非夢窗高詣。〈唐多令〉一篇，幾於油腔滑調，在夢窗集中最屬下乘。《續選》獨取此兩篇，豈故收其下者，以實皐文之言耶？謬矣。

夢窗精於造句，超逸處，則仙骨珊珊，洗脫凡艷；幽索處，則孤懷耿耿，別締古歡。如〈高陽臺〉《落梅》云：「宮粉雕痕，仙雲墮影，無人野水荒灣。古石埋香，金沙鎖骨連環。南樓不恨吹橫笛，恨曉風千里關山。半飄零，庭院黃昏，月冷欄杆。」又云：「細雨歸鴻，孤山無限春寒。」〈瑞鶴仙〉云：「怨柳淒花，似曾相識。西風破屐，林下路，水邊石。」〈祝英臺近〉《除夜立春》云：「剪紅情，裁綠意，花信上釵股。殘日東風，不放歲華去。」又《春日客龜溪遊廢園》云：「綠暗長亭，歸夢趁風絮。」〈水龍吟〉《惠山酌泉》云：「艷陽不到青山。淡煙冷翠成秋苑。」〈滿江紅〉《澱山湖》云：「對兩蛾猶鎖，怨綠煙中。秋色未教飛盡雁，夕陽長是墜疏鐘。」〈點絳唇〉《試燈夜初晴》云：「情如水，小樓薰被，春夢笙歌裏。」又云：「征衫貯，舊寒一縷，淚濕風簾絮。」〈八聲甘州〉《遊靈岩》云：「箭徑酸風射眼，膩水染花腥。」又云：「連呼酒，上琴臺去，秋與雲平。」俱能超妙入神。

(7)**周密**　字公謹，號草窗，濟南人。流寓吳興，居弁山。自號弁陽嘯翁，又號蕭齋，又號四水潛夫。淳祐中，爲義烏令。有《蠟屐集》、《草窗詞》二卷，一名《蘋洲漁笛譜》。錄詞一首：

曲遊春

禁苑東風外，颺暖絲晴絮，春思如織。燕約鶯期，惱芳情偏在，翠深紅隙。漠漠香塵隔，沸十里、亂絲從笛。看畫船盡入西泠，閑卻半湖春色。　柳陌，新煙凝碧，映簾底宮眉，堤上遊勒。輕暝籠煙，怕梨雲夢冷，杏香愁冪。歌管酬寒食，奈蝶怨良宵岑寂。正恁醉月搖花，怎生去得？

按草窗詞，盡洗靡曼，獨標清麗，有蕙茜之色，有綿渺之思，與夢窗旨趣相侔。二窗並稱，允矣無忝。其於詞律，亦極嚴謹，蓋交遊甚廣，深得切劘之益。如集中所稱霞翁，乃楊守齋也。守齋名纘，字繼翁，又號紫霞翁，善彈琴，明宮調詞法，周美成有《紫霞洞簫譜》。嘗著《作詞五要》，於塡詞按譜、隨律押韻二條詳言之，守律甚細，一字不苟作。草窗與之交，宜其詞律之細矣。觀其〈一萼紅〉《登蓬萊閣有感》一闋，蒼茫感慨，情見乎詞，當爲草窗集中壓卷，雖使美成、白石爲之，亦無以過，惜不多覯耳。詞云：「步深幽，正雲黃天淡，雪意未全休。鑒曲寒沙，茂林煙草，俯仰今古悠悠。歲華晚，飄零漸遠，誰念我同載五湖舟。磴古松斜，崖陰苔老，一片清愁。　回首天涯歸夢，幾魂飛西浦，淚灑東州。故國山川，故園心眼，還似王粲登樓。最負他秦鬟妝鏡，好江山何事此時遊？爲喚狂吟老監，共賦銷憂。」又〈法曲獻仙音〉《弔雪香亭梅》云：「一片古今愁，但廢綠平煙空遠。無語消魂，對斜陽衰草淚滿。又西泠殘笛，低送數聲春怨。」即杜詩「回首可憐歌舞地」之意。以詞發之，更覺淒惋。〈水龍吟〉《白蓮》云：「擎露盤深，憶君涼夜，時傾鉛水。想鴛鴦正結，梨雲好夢，西風冷，還驚起。」詞意兼勝，似此亦不亞碧山也。

右七家，皆南宋詞壇領袖，歷百世不祧者也。其他潛研音呂，敷陳華藻，正不乏人。復擇其著者，附錄之，得十四家。

(1) **陸游**　字務觀，山陰人。以蔭補登仕郎。隆興初，賜進士出身。范成大帥蜀，爲參議官。人譏其頹放，因自號放翁。有《劍南集》，詞二卷。錄〈水龍吟〉一首：

摩訶池上追遊路，紅綠參差春晚。韶光妍媚，海棠如醉，桃花欲暖。挑菜初閑，禁煙將近，一城絲管。看金鞍爭道，香車飛蓋，爭先占、新亭館。　惆悵年華暗換，黯消魂、雨收雲散。鏡奩掩月，釵梁拆鳳，秦箏斜雁。身在天涯，亂山孤壘，危樓飛觀。嘆春來只有，楊花和恨，向東風滿。《春日遊摩訶池》

劉潛夫云：「放翁、稼軒，一掃纖艷，不事斧鑿，但時時掉書袋，要是一癖。」余謂務觀與稼軒，不可並列。放翁豪放處不多，今傳誦最著者，如〈雙頭蓮〉、〈鵲橋仙〉、〈眞珠簾〉等，字字馨逸，與稼軒大不相同。至《南園》一記，蒙垢今古，〈釵頭鳳〉寄慨家庭，平生家國間，眞有隱痛矣。

(2)**張孝祥**　字安國，歷陽人。紹興二十四年，廷試第一，歷官至顯謨閣直學士。有《于湖詞》一卷。錄〈念奴嬌〉一首：

洞庭青草，近中秋、更無一點風色。玉界瓊田三萬頃，著我扁舟一葉。素月分輝，明河共影，表裡俱澄澈。悠然心會，妙處難與君說。　應念嶺表經年，孤光自照，肝膽皆冰雪。短鬢蕭疏襟袖冷，穩泛滄溟空闊。盡吸西江，細斟北斗，萬象爲賓客。叩舷獨嘯，不知今夕何夕。〈過洞庭〉

此作《絕妙好詞》冠諸篇端，其氣象固是豪雄，惟用韻不甚合耳。于湖他作，如〈西江月〉之「東風吹我過湖船，楊柳絲絲拂面」，〈滿江紅〉之「點點不離楊柳外，聲聲只在芭蕉裡」，皆俊妙可喜。陳郡湯衡序《于湖詞》云：「元祐諸公，嬉弄樂府，寓以詩人句法，無一毫浮靡之氣，實自東坡發之也。于湖紫微張公之詞，同一關鍵。」以于湖並東坡，論亦不誤，惟才氣較薄弱耳。

(3)**陳亮**　字同甫，婺州人。紹熙四年，擢進士第一。有《龍川集》，詞三卷。錄〈水龍吟〉一首：

鬧紅深處層樓，畫簾半捲東風軟。春歸翠陌，平莎茸嫩，垂楊金淺。遲日催花，淡雲閣雨，輕寒輕暖。恨芳菲世界，遊人未賞，都付與、鶯和燕。　寂寞憑高念遠，向南樓、一聲歸雁。金釵鬥草，青絲勒馬，風流雲散。羅綬分香，翠綃封淚，幾多幽怨。正消魂，又是疏煙淡月，子規聲斷。

葉水心云：「同甫長短句四卷，每一章成，輒自嘆曰：『平生經濟之懷，略已陳矣。』」周草窗云：「龍川好談天下大略，以節氣自居，而詞亦疏宕有致。」毛子晉云：「龍川詞讀至卷終，不作一妖語媚語，殆所稱不受人憐者歟？」余謂龍川與幼安，往來至密，集中〈賀新郎〉三首，足見氣誼，故詞境亦近之。而如此作，又復幽秀妍麗，能者固無所不能也。

(4)**劉過**　字改之，太和人。嘗伏闕上書，請光宗過宮。復以書抵時宰，陳恢復方略，不報，放浪湖海間。有《龍洲詞》一卷。錄〈沁園春〉一首：

古豈無人，可以似吾，稼軒者誰？擁七州都督，雖然陶侃，機明神鑒，未必能詩。當哀何如，公羊聊爾，千騎東方候會稽。中原事，縱匈奴未滅，畢竟男兒。　平生出處天知，算整頓乾坤終有時。問湖南賓客，侵尋去矣，江西戶口，流落何之？盡日樓臺，四邊屏障，目斷江山魂欲飛。長安道，算世無劉表，王粲疇依。《寄辛稼軒》

改之詞學幼安，而橫放傑出，尤較幼安過之。叫囂之風，於此開矣。黃花庵云：「如《別妾》〔天仙子〕、《詠畫眉》〔小桃紅〕諸闋，稼軒集中能有此纖秀語耶？」毛子晉又述此語爲改之辯護。余以爲改之諸作，如《美人指甲》、《美人足》，雖傳述人口，實是穢褻，不足爲法。至豪邁處又一放不可收，蓋學幼安而不從「沉鬱」二字著力，終無是處也。集中〔沁園春〕至多，「鬥酒彘肩」一首尤著名，亦讕語耳。細檢一過，惟〔賀新郎〕「老去相如」一闋，是其最勝者矣。

(5) **盧祖皋**　字申之，永嘉人。與四靈相唱和，盛稱江湖間。慶元五年進士，爲軍器少監。嘉定十四年，擢直學士。有《蒲江詞》。錄〔水龍吟〕一首：

會昌湖上扁舟，幾年不醉西山路。流光又是，宮衣初試，安榴半吐。千里江山，滿川煙草，薰風淮楚。念離騷恨遠，獨醒人去，欄杆外，誰懷古？　亦有魚龍戲舞，艷晴

川綺羅歌鼓。鄉情節意，尊前同是，天涯羈旅。漲綠池塘，翠陰庭院，歸期無據。問明年此夜，一眉新月，照人何處？《淮西重午》

《蒲江詞》僅二十五闋，而佳者頗多。如〔賀新郎〕之《釣雪亭》、〔倦尋芳〕之《春思》、〔西江月〕之《中春》、〔清平樂〕之《春恨》，字字工協。毛子晉謂其有古樂府佳句，猶在字句間求之。論其詞境，可與玉田、草窗並美云。

(6)**高觀國** 字賓王，山陰人。有《竹屋癡語》一卷。錄〔解連環〕一首：

浪搖新綠，漫芳洲翠渚，雨痕初足。蕩霽色流入橫塘，看風外漪漪，皺紋如縠。藻荇縈回，似留戀鴛飛鷗浴。愛嬌雲蘸色，媚日挼藍，遠迷心目。　仙源漾舟岸曲，照芳容幾樹，香浮紅玉。記那回西冷橋邊，裙翠傳情，玉纖輕掬。三十六陂，錦鱗渺，芳音難續。隔垂楊，故人望斷，浸愁千斛。《春水》

賓王與梅溪交誼頗摯，詞亦各有長處。集中如〔賀新郎〕之《賦梅》、〔喜遷鶯〕之《秋懷》、〔花心動〕之《梅意》、〔解連環〕之《詠柳》、〔瑞鶴仙〕之《筇枝》，皆情意悱惻，得少游之意。陳慥序其詞云：「高竹屋與史梅溪，皆出周、秦之詞，所作要是不經人道語，其妙處，少游、美成亦未及也。」此論雖推崇過當，惟以竹屋爲周、秦之詞，是確有見地。大抵南宋以來，如放翁、如于湖，則學東坡，如龍川、如龍洲，則學稼軒。至蒲江、賓王輩，以江湖叫囂之習，非倚聲家所宜，遂瓣香周、秦，而詞境亦閑適矣。諸家造詣，固有不同，論其大概，不外乎此。

(7) **張輯** 字宗瑞，號東澤，鄱陽人。馮深居目爲東仙。有《欸乃集》、《東澤綺語債》二卷。錄〈疏簾淡月〉一首：

梧桐雨細，漸滴做秋聲，被風驚碎。潤逼衣篝，線裊蕙爐沉水。悠悠歲月天涯醉，一分秋、一分憔悴。紫簫吟斷，素箋恨切，夜寒鴻起。又何苦淒涼客裡，負草堂春綠，竹溪空翠。落葉西風，吹老幾番塵世。從前諳盡江湖味，聽商歌，歸興千里。露侵宿酒，疏簾淡月，照人無寐。

東澤得詩法於姜堯章，詞亦學之，但少堯章清剛之氣耳。集中詞共二十三首，皆摘取詞中語標作牌名，與方回《寓聲》正同。顧賀、張二家則可，今人則萬不能學也。諸作中亦有效蘇、辛者，如〈貂裘換酒〉（即〈賀新郎〉）、《乙未冬別馮可久》、〈淮甸春〉（即〈念奴嬌〉）、《訪淮海事跡》、〈東仙〉（即〈沁園春〉）、《馮可遷號余爲東仙，故賦》，皆雄健可喜，不似〈疏簾淡月〉之婉約矣。惟〈杏梁燕〉（即〈解連環〉）則與「梧桐雨細」情韻相類，蓋東澤能融合豪放婉麗爲一也。

(8) **劉克莊** 字潛夫，號後村，莆田人。以蔭仕。淳祐中，賜同進士出身，官至龍圖閣直學士。有《後村別調》五卷。錄〈滿江紅〉一首：

赤日黃埃，夢不到清溪翠麓。空健羨，君家別墅，幾株幽獨。骨冷肌清偏要月，天寒日暮尤宜竹。想主人杖屨繞千回，山南北。　寧委澗，嫌金屋。寧映水，羞銀燭。嘆出群風韻，背時裝束。競愛東鄰姬傅粉，誰憐空谷人如玉。笑林逋何遜漫爲詩，無人讀。

《後村別調》一卷，張叔夏謂直致近俗，乃效稼軒而不及者，洵然。集中〈沁園春〉二十五首、〈念奴嬌〉十九首、〈賀新郎〉四十二首、〈滿江紅〉三十一首，可云多矣。而奔放跅弛，殊無含蘊。且壽人自壽諸作，觸目皆是，詞品實不高也。《古今詞話》以〈清平樂〉「貪與蕭郎眉語，不知舞錯伊州」二句爲妙語，亦不過聰俊人口吻，非詞家之極則。惟《南岳》一稿，幾興大獄，詔禁作詩，詞學遂盛，此則於倚聲家頗有關係。今讀《訪梅》絕句，雖可發一粲，而當時禁網可知矣。（後村〈賀新郎〉云：「君向柳邊花底問，看貞元朝士誰存者。桃滿觀，幾開謝。」又云：「老子平生無他過，爲梅花受取風流罪。」皆爲江湖集獄而發。）

(9) **蔣捷** 字勝欲，陽羨人。德祐進士。自號竹山，遁跡不出。有《竹山詞》。錄〈高陽臺〉一首：

燕捲晴絲，蜂黏落絮，天教綰住閑愁。閑裡清明，匆匆粉澀紅羞。燈搖縹緲茸窗冷，語末闌、娥影分收。好傷情，春也難留，人也難留。芳塵滿目悠悠，爲問縈雲佩響，還繞誰樓？別酒才斟，從前心事都休。飛鶯縱有風吹轉，奈舊家苑已成秋。莫思量，楊柳灣西，且掉吟舟。《送翠英》

竹山詞亦有警策處，如〈賀新郎〉之「浪湧孤亭起」「夢冷黃金屋」二首，確有氣度。竹坨《詞綜》推爲南宋一家，且謂源出白石，亦非無見。惟其學稼軒處，則叫囂奔放，與後村同病。如〈水龍吟〉《落梅》一首，通體用「些」字韻，無謂之至。〈沁園春〉云：「若有人尋，只教童道，這屋主人今自居。」又《次強雲卿韻》云：「結算平生，風流債負，請一筆勾。蓋攻性之兵，花園錦陣，毒身之鴆，笑齒歌喉。」又云：「迷因底嘆，晴乾不去，待雨淋頭。」〈念奴嬌〉《壽薛稼堂》云：「進退行藏，此時正要，一著高天下。」又云：「自古達官酣富貴，往往遭人描畫。」〈賀新郎〉《錢狂士》云：「據我看來何所似？一似韓家五鬼，又一似楊家風子。」此等處令人絕倒。學稼軒至此，眞屬下下乘矣。大抵後村、竹山未嘗無筆力，而風骨氣度，全不講究。是心餘、板橋輩所祖，乃詞中左道。有志復古者，當從梅溪、碧山用力也。

(10) **陳允平**　字君衡，四明人。有《日湖漁唱》二卷，《繼周集》一卷。錄〈酹江月〉一首：

霽空虹雨，傍啼蛩莎草，宿鷺汀洲。隔岸人家砧杵急，微寒先到簾鉤。步屧塵高，征衫酒潤，誰暖玉香篝。風燈微暗，夜長頻換更籌。　應是雁柱調箏，鴛梭織錦，付與兩眉愁。不似尊前今夜月，幾度同上南樓。紅葉無情，黃花有恨，孤負十分秋。歸心如醉，夢魂飛趁東流。

張叔夏云：「詞欲雅而正，志之所之，一爲物所役，則失其雅正之音。近代陳西麓所作平正，亦有佳者。」夫平正則難見其佳，平正而有佳者，乃眞佳也。其詞取法清眞，刻意摹效，《繼周》一集，皆和周韻，多至百二十一首。（《繼周集》共詞百二十三首，和周韻者百二十一首。惟〔過秦樓〕前一首、〔琴調相思引〕並非周韻，疑宋本《片玉詞》，別有存此二首者也。）其傾倒美成，可與方千里、楊澤民並傳。然其面目，並不十分相似，此即脫胎法，可見古人用力之方矣。集中諸詞，喜改平韻，如〔絳都春〕、〔永遇樂〕及此詞，別具幽秀之致，亦白石法也。《西湖十詠》多感時之語，時時寄託，忠厚和平，眞可亞於中仙，非草窗所可及。其詞作於景定癸亥歲，閱十餘年宋亡矣。是故讀西麓詞，一切流蕩忘返之失，自然化去耳。

(11) **施岳** 字仲山，號梅川，吳人。其詞無專集。錄〔曲遊春〕一首：

畫舸西泠路，占柳陰花影，芳意如織。小楫沖波度，曲塵扇底，粉香簾隙。岸轉斜陽隔，又過盡、別船簫笛。傍斷橋翠繞紅圍，相對半篙晴色。　頃刻，千山暮碧。向沽酒樓前，猶繫金勒。乘月歸來，正梨花夜縞，海棠煙冪，院宇明寒食。醉乍醒、一庭春寂。任滿身露濕，東風欲眠未得。《清明湖上》

梅川詞見於《絕妙好詞》者，只有六首。其詞亦法清眞，如〔水龍吟〕、〔蘭陵王〕二作可知也。此清明詞，蓋與草窗同作者。草窗和詞有「看畫船盡入西泠，閑卻半湖春色」之句，爲一時傳誦。此云「相對半篙晴色」，可云工力悉敵。《西湖遊幸記》云：「西湖，杭人無時不遊。凡締姻賽社，會親送葬，經會獻神，無不在焉。故杭諺有『銷金鍋』之號。」觀草窗、梅川二詞，可見盛況矣。沈義甫云：「梅川音律有源流，故其聲無舛誤。讀唐詩多，故語雅淡。」此數語論梅川至當。

(12) **孫惟信**　字季蕃，號花翁，開封人。嘗有官，棄去不仕。錄〔燭影搖紅〕一首：

一朵鞓虹，寶釵壓髻東風溜。年時也是牡丹時，相見花邊酒。初試夾紗半袖，與花枝盈盈鬥秀。對花臨景，爲景牽情，因花感舊。　題葉無憑，曲溝流水空回首。夢雲不入小山屏，眞個歡難偶。別後知他安否？軟紅街清明還又。絮飛春盡，天遠書沉，日長人瘦。《牡丹》

花翁集今不傳，其詞僅見《絕妙好詞》所錄五首而已。劉後村《花翁墓誌》云：「始婚於婺。後去婺遊，留蘇杭最久。一榻之外無長物，躬爨而食。書無乞米之帖，文無逐貧之賦，終其身如此。」是花翁平生亦略見矣。沈伯時云：「孫花翁有好詞，亦善運意，但雅正中時有一二市井語。」余謂翁集既佚，無可評騭，就弁陽歷錄，固無此病也。

⒀李清照　自號易安居士，濟南人。格非女，趙明誠妻。有《漱玉集》。錄〈壺中天〉一首：

蕭條庭院，又斜風細雨，重門須閉。寵柳嬌花寒食近，種種惱人天氣。險韻詩成，扶頭酒醒，別是閑滋味。征鴻過盡，萬千心事誰寄？　樓上幾日春寒，簾垂四面，玉欄杆慵倚。被冷香消新夢覺，不許愁人不起。清露晨流，新桐初引，多少遊春意。日高煙斂，更看今日晴未。

易安詞最傳人口者，如〈如夢令〉之「綠肥紅瘦」、〈一剪梅〉之「紅藕香殘」、〈醉花陰〉之「簾捲西風」、〈鳳凰臺〉之「香冷金猊」，世皆謂絕妙好詞也。其〈聲聲慢〉一首，尤為羅大經、張端義所激賞，其實此詞收二語，頗有傖氣，非易安集中最勝者。大抵易安諸作，能疏俊而少沉著，即如〈永遇樂〉《元宵詞》，人咸謂絕佳。此事感懷京洛，須有沉痛語方佳。詞中如「如今憔悴，風鬟霧鬢，怕向花間重去」，固是佳語，而上下文皆不稱。上云：「鋪翠冠兒，燃金雪柳，簇帶爭濟楚。」下云：「不如向簾兒底下，聽人笑語。」皆太質率。明者自能辨之。惟其論詞語絕精，因摘錄之。其言曰：「本朝柳屯田永，變舊聲作新聲，出《樂章集》，大得聲稱於世，雖協音律，而詞語塵下。又有張子野、宋子京兄弟、沈唐、元絳、晁次膺輩繼出，雖時時有妙語，而破碎何足名家。至晏丞相、歐陽永叔、蘇子瞻，學際天人，作爲小歌詞，直如酌蠡水於大海，然皆句讀不葺之詩耳。又往往不協音律。（中略）王介甫、曾子固，文章似西漢，若作小歌詞，則人必絕倒，不可讀也。乃知詞別是一家，知之者少。後晏叔原、賀方回、黃魯直出，始能知之。而晏苦無鋪敘，賀苦少典重，秦少游專主情致，而少故實，譬如貧家美女，雖極妍麗豐逸，而終乏富貴態。黃即尚故實，而多疵病，譬如良玉有瑕，價自減半矣。」其譏彈前輩，能切中其病，世不以爲刻論也。至玉壺獻金之疑，汝舟改嫁之謬，俞理初、陸剛甫、李蓴客輩，論之詳矣，不贅述。

(14) **朱淑眞**　自號幽棲居士，錢塘人。世居姚村，不得志歿。宛陵魏仲恭輯其詩，名《斷腸集》。錄〈清平樂〉一首：

惱煙撩露，留我須臾住。攜手藕花湖上路，一霎黃梅細雨。　嬌癡不怕人猜，隨群暫遣愁懷。最是分攜時候，歸來懶傍妝臺。

居士〈生查子〉一詞，爲升庵誣謗，今已大白於世，無庸贅論矣。余按《斷腸詞》只三十一首，且非全眞，安得魏端禮原輯，及稽瑞樓注本，重付校讎也？就此三十一首中論之，如〈菩薩蠻〉之「濕雲不度」、〈憶秦娥〉之「彎彎曲」、〈柳梢青〉之「玉骨冰肌」、〈蝶戀花〉之「樓外垂楊」，皆諧婉可誦。朱文公謂「本朝婦人能文者，惟魏夫人及李易安」，而不及淑眞。今魏夫人詞，僅有〈菩薩蠻〉一首，無可評論。而淑眞尙有數十首，足資研討。余故錄以爲殿焉。

右十四家，南宋詞之著者略具矣。竹山、後村仍復論列者，蓋以見蘇、辛詞，實不可學，雖宋人且不能佳也。至南宋詞人之盛，實多不勝數，講學家如朱元晦、胡澹庵輩，亦有小詞流傳（朱有〈水調歌頭〉，胡有〈醉落魄〉）。大臣如眞德秀、魏了翁、周必大等，又各有樂府名世（眞有〈蝶戀花〉，魏有《壽詞》一卷，周有《省齋近體樂府》）。緇流如仲殊、祖可，羽流如葛長庚、丘長春，所作亦沖雅俊邁（仲殊有〈訴衷情〉，祖可有〈小重山〉，長庚有〈酹江月〉，長春有〈無俗念〉）。名妓如蘇瓊、嚴蕊，復通詞翰，斯已奇矣（蘇有〈西江月〉，嚴有〈卜算子〉、〈鵲橋仙〉等）。至《詞苑叢談》載李全之子壇〈水龍吟〉一首，有「投筆書懷，枕戈待旦，隴西年少」之語。是綠林之豪，亦知柔翰，更不勝臚舉也。余故約略論之，聊疏流別而已。

第八章　概論三　金元

前述唐、五代、兩宋人之作，爲詞學極盛之期，自是而後，此道衰矣。金、元諸家，惟吳、蔡、遺山爲正，餘皆略事聲歌，無當雅奏。元人以北詞見長，文人心力，僅注意於雜劇，且有以詞入曲者，雖有疏齋、仁近、蛻岩諸子，亦非專家之業也。今綜金、元二代略論之。

第一　金人詞略

完顏一朝，立國淺陋。金、宋分界，習尚不同。程學行於南，蘇學行於北，一時文物，亦未謂無人，惟前爲宋所掩、後爲元所壓，遂使豪俊無聞，學術未顯，識者惜之。然而《中州》一編，悉金源之文獻；《歸潛》十卷，實藝苑之掌故，稽古者所珍重焉。至論詞學，北方較衰，雜劇掐彈盛行，而雅詞幾廢，間有操翰倚聲，亦目爲習詩餘技，遠非兩宋可比也。綜其傳作言之，風雅之始，端推海陵，南征之作，豪邁無及。章宗穎悟，亦多題詠，《聚骨扇》詞，一時絕唱。密國公璹，才調尤富，《如庵小稿》，存詞百首，宗室才望，此其選矣。至若吳、蔡體行，詞風始正。於是黃華、玉峰、稷山二妙，諸家並起。而大集其成，實在《遺山樂府》，所集三十六家，知人論世，金人小史也。因就裕之所錄，略志如左。

(1)章宗　《金史》稱：「帝天資聰悟。」《歸潛志》亦云：「詩詞多有可稱者，並紀其宮中絕句，命翰林待制朱瀾侍夜飲詩。擘橙爲《軟金杯》詞，皆清逸可誦，要未若《聚骨扇》詞之勝也。」詞云：

蝶戀花　　聚骨扇

幾股湘江龍骨瘦，巧樣翻騰，疊作湘波皺。金縷小鈿花草鬥，翠條更結同心扣。金殿日長承宴久，□□招來，暫喜清風透。忽聽傳宣須急奏，輕輕褪入香羅袖。

帝詞僅見此首，雖爲賦物，而雅煉不苟。自來宸翰，率多俚鄙，似此寡矣。他如《鐵券行》、《送張建致仕歸》、《弔王庭筠》諸作，今皆不可見。《飛龍記》亦不存。

(2)**密國公璹**　字仲寶，一字子瑜。世宗之孫，越王允常子。自號樗軒居士。著有《如庵小稿》。錄〔沁園春〕詞一首：

壯歲耽書，黃卷青燈，留連寸陰。到中年贏得清貧。更甚蒼顏明鏡，白髮輕簪。衲被蒙頭，草鞋著腳，風雨蕭蕭秋意深。淒涼否？瓶中匱粟，指下忘琴。　一篇梁父高吟，看谷變陵遷古又今。便離騷經了，靈光賦就，行歌白雪，愈少知音。試問先生，如何即是，布袖長垂不上襟？掀髯笑，一杯有味，萬事無心。

公詞今只存七首，爲〈朝中措〉、〈春草碧〉、〈青玉案〉、〈秦樓月〉、〈西江月〉、〈臨江仙〉及此詞也。宣宗南渡，防忌同宗，親王皆有門禁。公以開府儀同三司，奉朝請家居，只以講誦吟詠爲樂，潛與士大夫唱酬，然不敢彰露，其遭遇亦有可悲者。觀其〈西江月〉云：「一百八般佛事，二十四考中書。山林朝市等區區，著甚來由自苦。」〈臨江仙〉云：「醉向繁臺臺上問，滿川細柳新荷。」及此詞「谷變陵遷古又今」，蓋心中有難言之隱也。天興初，北兵犯河南，公已臥疾，嘗語人曰：「敵勢如此，不能支，只可以降，全吾祖宗，且本邊塞。如得完顏氏一族歸我國中，使女眞不滅，則善矣，余復何望！」其言至沉痛也。公喜與文士遊，一時學子如雷希顏、元裕之、李長源、王飛伯，皆遊其門。飛伯嘗有詩云：「宣平坊里榆林巷，便是臨淄公子家。寂寞華堂豪貴少，時容詞客聽琵琶。」一時以爲實錄。劉君叔亦云：「其舉止談笑，眞一老儒，殊無驕貴之態。」則其風度可思矣。

(3) **吳激**　激字彥高，建州人。宋宰相拭子，米芾婿。使金，留不遣，官翰林待制。皇統初，出知深州，卒。有《東山集》，詞一卷。錄〈風流子〉一首，蓋感舊作也。

書劍憶遊梁。當時事，底處不堪傷。望蘭楫嫩漪，向吳南浦，杏花微雨，窺宋東牆。鳳城外，燕隨青步障，絲惹紫遊韁。曲水古今，禁煙前後，暮雲樓閣，春草池塘。回首斷人腸。流年去如電，鏡鬢成霜。獨有蟻尊陶寫，蝶夢悠揚。聽出塞琵琶，風沙淅瀝，寄書鴻雁，煙月微茫。不似海門潮信，猶到潯陽。

按「遊梁」云云，即指使金事，故有「寄書鴻雁」、「潮信」、「潯陽」之語，蓋亦故國之思也。彥高以〈人月圓〉一詞得盛名，見《中州樂府》。先是宇文叔通主文盟，視彥高爲後進，只呼爲小吳。會飲酒間，有一婦人，宋宗室子流落，諸公感嘆，皆作樂章一闋。宇文作〈念奴嬌〉有云：「宗室家姬，陳王幼女，曾嫁欽慈族。干戈浩蕩，事隨天地翻覆。」次及彥高。彥高作〈人月圓〉詞云：「南朝千古傷心事，猶唱後庭花。舊時王謝，堂前燕子，飛向誰家？恍然一夢，仙肌勝雪，宮鬢堆鴉。江州司馬，青衫淚濕，同是天涯。」虛中覽之，大驚。自後人求樂府者，叔通即云：「吳郎近以樂府名天下，可徑求之。」余謂彥高詞，篇數不多，皆精美盡善，雖多用前人語，而點綴殊自然也。

⑷**蔡松年**　松年字伯堅，眞定人。累官至吏部尚書，參知政事。卒，封吳國公。著有《蕭閑公集》，詞名《明秀集》，見四印齋刻本，已殘矣。錄〔石州慢〕一首：

> 東海蓬萊，風鬟霧鬢，不假梳掠。仙衣捲盡，雲霓方見，宮腰纖弱。心期得處，世間言語非眞，海犀一點通寥廓。無物比情濃，覓無情相博。　離索。曉來一枕餘香，酒病賴花醫卻。灩灩金尊，收拾新愁重酌。片帆雲影，載將無際關山，夢魂應被楊花覺。梅子雨疏疏，滿江乾樓閣。

按此詞爲高麗使還日作。故事上國使至，設有伎樂，此首即爲伎作也。《明秀集》今只見殘本，惟目錄尚全（見四印齋刊詞）。此詞只載《中州樂府》而已。余嘗考元以北散套見長，而楊朝英《陽春白雪集》，別有「大樂」一欄，以東坡〔念奴嬌〕、無名氏〔蝶戀花〕、晏叔原〔鷓鴣天〕、鄧千江〔望海潮〕、吳彥高〔春草碧〕、辛稼軒〔摸魚子〕、柳耆卿〔雨霖鈴〕、朱淑眞〔生查子〕、張子野〔天仙子〕，及伯堅此詞實之。蓋當時此詞，固盛傳歌者之口也。元人雜劇有《蔡儵閑醉寫石州慢》，當即演此事，今雖不傳，而其詞之聲價可知矣。伯堅他詞尚富，

《中州樂府》選十二首，多有四印齋刊本中未見者。

(5)**劉仲尹**　仲尹字致君，遼陽人。正隆中進士，以潞州節度副使，召爲都水監丞。有《龍山集》。錄〔鷓鴣天〕四首：

滿樹西風鎖建章，宮黃未裹貢前霜。誰能載酒陪花使，終日尋香過苑牆。修月客，弄雲娘，三吳清興入琳琅。草堂人病風流減，自洗銅瓶煮蜜嘗。（其一）

騎鶴峰前第一人，不應著意怨王孫。當年艷態題詩處，好在香痕與淚痕。調雁柱，引蛾顰，綠窗弦管合箏纂。砌臺歌舞陽春後，明月朱扉幾斷魂。（其二）

樓宇沉沉翠幾重，轆轤亭下落梧桐。川光帶晚虹垂雨，樹影涵秋鵲喚風。人不見，思何窮，斷腸今古夕陽中。碧雲猶作山頭恨，一片西飛一片東。（其三）

壁月池南剪木犀，六朝宮袖窄中宜。新聲蹙巧蛾顰黛，纖指移纂雁著絲。朱户小，畫簾低，細香輕夢隔涪溪。西風只道悲秋瘦，卻是西風未得知。（其四）

按《中州樂府》錄龍山作十一首，而《詞綜》僅選其二。遺山選擇至嚴，此十一首，無一草草，不知竹垞如何去取也。致君爲李欽叔外祖，少擢第，終管義軍節度副使，能詩，學江西諸公。其《墨梅》、《梅影》二詩，尤爲人稱重，世人知者鮮矣。

(6)**王庭筠**　字子端，熊岳人。大定中登第，官至翰林修撰。晚年卜居黃華山，自稱黃華老人。《中州樂府》錄詞十二首。子端詞無集，只以元選爲準。錄一首：

百字令　　癸巳暮冬小雪家集作

山堂溪色。滿疏籬寒雀，煙橫高樹。小雪輕盈如解舞，故故穿簾入户。掃地燒香，團圓一笑，不道因風絮。冰澌生硯，問誰先得佳句？　有夢不到長安，此心安穩，只有歸耕去。試問雪溪無恙否？十里淇園佳處。修竹林邊，寒梅樹底，准擬全家住。柴門新月，小橋誰掃歸路？

按黃華得名最早，趙閑閑曾賦贈一詩云：「寄語雪溪王處士，年來多病復何如？浮雲世態紛紛變，秋草人情日日疏。李白一杯人影月，鄭虔三絕畫詩書。情知不得文章力，乞與黃華作隱居。」時閑閑尚未有盛名，由是益著稱也。

(7)**趙可**　字獻之，高平人。貞元二年進士，仕至翰林直學士。有《玉峰散人集》。

驀山溪

賦崇福荷花，崇福在太原晉溪

雲房西下，天共滄波遠。走馬記狂遊，正芙蕖半鋪鏡面。浮空欄檻，招我倒芳尊，看花醉，把花歸，扶路清香滿。　水楓舊曲，應逐歌塵散。時節又新涼，料開遍橫湖清淺。冰姿好在，莫道總無情，殘月下，曉風前，有恨何人見？

按獻之少時，赴舉，及御簾試《王業艱難賦》，呈文畢，於席屋上戲書小詞云：「趙可可，肚裏文章可可。三場捱了兩場過，只有這番解火。恰如合眼跳黃河，知他是過也不過。試官道王業艱難，好交你知我。」時海陵御文明殿，望見之，使左右趣錄以來。有旨諭考官：「此人中否，當奏之。」已而中選，不然，亦有異恩矣。後仕世宗朝，爲翰林修撰，因夜覽《太宗神射碑》，反覆數四。明日，會世宗親饗廟，立碑下，召學士院官讀之。適有可在，音吐鴻暢，如宿習然。世宗異之，數日遷待制。及冊章宗爲皇太孫，適可當筆，有云：「念天下大器，可不正其本歟？而世嫡皇孫所謂無以易者。」人皆稱之。後章宗即位，偶問向者冊文誰爲之，左右以可對，即擢直學士。可少輕俊，尤工樂章，有《玉峰集》行世。晚年奉使高麗。故事，上國使至館中，例有侍伎，獻之作〈望海潮〉以贈，爲世所傳誦，與蔡伯堅後先輝映。惟蔡之「宮腰纖弱」，與趙之「離觴草草」，皆不免爲人疵議也。

(8)**劉迎** 字無黨，東萊人。大定中進士，除豳王府記室，改太子司經。有詩文集。樂府號《山林長語》。

烏夜啼

離恨遠縈楊柳，夢魂常繞梨花。青衫記得章臺月，歸路玉鞭斜。　翠鏡啼痕印袖，紅牆醉墨籠紗。相逢不盡平生事，春思入琵琶。

(9)**韓玉** 字溫甫，北平人。擢第，入翰林，爲應奉文字，後爲鳳翔府判官。有《東浦詞》。

賀新郎

柳外鶯聲醉。晚晴天，東風力軟，嫩寒初退。花底覓春春已去，時見亂紅飛墜。又閑傍欄杆十二。欄外青山煙縹緲，遠連空，愁與眉峰對。凝望處，兩疊翠。　鴛鴦結帶靈犀珮。綺屏深香羅帳小，寶篆燈背。誰道彩雲和夢斷，青鳥阻尋後會。待都把相思情綴。便做錦書難寫恨，奈菱花都見人憔悴。那更有，函枕淚。

按玉詞，《中州樂府》所未見，僅見《詞綜》。尚有〔感皇恩〕一首，題作《廣東與康伯可》，是玉曾南遊者矣。詞中有「故鄉何在？夢寐草堂溪友」，又「老去生涯殢尊酒」。又「故人今夜月，相思否？」之句，則玉殆由南入北者也。

⑽**黨懷英** 字世傑，其先馮翊人，後居泰安。官翰林承旨。有《竹溪集》。

鷓鴣天

雲步凌波小鳳鈎，年年星漢踏清秋。只緣巧極稀相見，底用人間乞巧樓。天外事，兩悠悠，不應也作可憐愁。開簾放入窺窗月，且盡新涼睡美休。

按世傑得第，適值章宗即位之初。是時詔修《遼史》，世傑與郝俁同充纂修官，一時遼時碑銘墓誌及諸家文集，或記遼事者，悉上送官。至泰和初，詔分紀、志、列傳刊修官，世傑尋卒，人咸以不觀全史爲恨。其後陳大任繼成《遼史》，或不如世傑遠矣。區區詞曲，不足見其學也。

⑾**王渥** 字仲澤，太原人。擢第，令寧陵，召爲省掾。使宋回，爲太學助教。天興中，出援武仙，戰歿。錄詞一首：

水龍吟　　從商帥國器獵，同裕之賦

短衣匹馬清秋，慣曾射虎南山下。西風白水，石鯨鱗甲，山川圖畫。千古神州，一時勝事，賓僚儒雅。快長堤萬弩，平岡千騎，波濤卷，魚龍夜。　落日孤城鼓角，笑歸來長圍初罷。風雲慘淡，貔貅得意，旌旗閑暇。萬里天河，更須一洗，中原兵馬。看鞬櫜嗚咽，咸陽道左，拜西還駕。

按仲澤使宋至揚州，應對華敏，宋人重之。其擢第時，爲奧屯邦獻完顏斜烈所知，故多在兵間。後援武仙於鄭州，蓋從赤盞合喜，道遇北兵，歿於軍陣，時論惜之。渥性明俊不羈，博學無所不通，長於談論，工尺牘，字畫遒美，有晉人風。詩多佳句，其《過潁亭》云：「九山西絡煙霞去，一水南吞澗壑流。賓主唱酬空翠琰，干戈橫絕自滄洲。」又《贈李道人》云：「簿領沉迷嫌我俗，雲山放浪覺君賢。」又《潁州西湖》云：「破除北客三年恨，慚愧西湖五月春。」世人多稱道之。

⑿景覃　字伯仁，華陰人。自號渭濱野叟。錄詞一首：

天香

市遠人稀，林深犬吠，山連水村幽寂。田里安閑，東鄰西舍，准擬醉時歡適。社祈雩禱，有簫鼓喧天吹擊。宿雨新晴，隴頭閑看，露桑風麥。　無端短亭暮驛，恨連年此時行役。何以臨流蕭散？緩衣輕幘。炊黍烹雞自勞，有脆綠甘紅薦芳液。夢裡春泉，糟床夜滴。

⒀**李獻能**　字欽叔，河中人。擢第，入翰林，爲應奉文字。出爲鄜州觀察判官。再入，遷修撰。正大末，授河中帥府經歷官。詞不多作。錄一首：

春草碧

紫簫吹破黃州月。簌簌小梅花，飄香雪。寂寞花底風鬟，顏色如花命如葉。千里涴兵塵，凌波襪。　心事鑒影鸞孤，箏弦雁絕。舊時雪堂人，今華髮。腸斷金縷新聲，杯深不覺琉璃滑。醉夢繞南雲，花上蝶。

按《金史》，李家故饒財，盡於貞祐之亂，在京師無以自資。其母素豪奢，厚於自奉，小不如意，則必訶譴，人視之殆不堪憂，獻能處之自若也。欽叔爲人眇小而黑色，頗多髯，善談論，工詩，有志於風雅，又刻意樂章，在翰院，應機得體。趙閑閑、李屏山嘗云：「李欽叔今世翰苑才，故諸公薦之，不令出館。」詞雖不多見，而氣度風格，酷似秦少游。《中州樂府》又錄其〔江梅引〕、〔浣溪沙〕二首，卓然名手也。

⒁**趙秉文** 字周臣，磁州人。擢第，入翰林，因言事外補。後再入館，爲修撰，轉禮部郎中，又出典郡守。南渡後，爲直學士，拜禮部尚書。自號閑閑居士。有《滏水集》。

水調歌頭

四明有狂客，呼我謫仙人。俗緣千劫不盡，回首落紅塵。我欲騎鯨歸去，只恐神仙官府，嫌我醉時嗔。笑拍群仙手，幾度夢中身。 倚長松，聊拂石，坐看雲。忽然黑霓落手，醉舞紫毫春。寄語滄浪流水，曾識閑閑居士，好爲濯冠巾。卻返天臺去，華髮散麒麟。

按此詞爲公述志之作。公嘗自擬蘇子美。此詞自序云：「昔擬栩仙人王雲鶴贈余詩云：『寄與閑閑傲浪仙，枉隨詩酒墮凡緣。黃塵遮斷來時路，不到蓬山五百年。』其後玉龜山人云：『子前身赤城子也。』余因以詩記之云：『玉龜山下古仙眞，許我天臺一化身。擬折玉蓮騎白鶴，他年滄海看揚塵。』吾友趙禮部庭玉，說：丹陽子，謂余再世蘇子美也。赤城子則吾豈敢，若子美則庶幾焉，尙愧詞翰微不及耳。」據此則公之微尙可見矣。公幼年詩法王庭筠，晚則雄肆跌宕，魁然爲一時文士領袖。金源一代，好獎勵後進者，惟遺山與公而已。

(15) **辛願**　字敬之，福昌人。自號女幾山人，又號溪南詩老。錄詞一首：

臨江仙　河山亭留別欽叔裕之

誰識虎頭峰下客？少年有意功名。清朝無路到公卿。蕭蕭華屋，白髮老諸生。邂逅對床逢二妙，揮毫落紙堪驚。他年聯袂上蓬瀛。春風蓮燭，莫忘此時情。

按敬之以詩名，《金史》入隱逸傳。而此詞「虎頭」、「功名」，「蓬瀛」、「聯袂」之句，是亦非忘情仕宦者。惟中年爲人連誣，遂無遠志耳。（《金史》：「願爲河南府治中高廷玉客。廷玉爲府尹溫迪罕福興所誣，願亦被訊掠，幾不得免。」）平生不爲科舉計，且未嘗至京師，儼然中州一逸士也。嘗謂王郁曰：「王侯將相，世所共嗜者，聖人有以得之，亦不避。得之不以道，與夫居之不能行己之志，是欲澡其身，而伏於廁也。」其志趣如此。《金史》錄其詩，獨取「黃綺暫來爲漢友，巢由終不是唐臣」二語，以爲眞處士語，洵然。詞則僅見此闋而已。

⒃**元好問** 字裕之，秀容人。興定五年進士。歷官左司都事，轉行尚書省，左司員外郎。金亡，不仕。有《遺山樂府》。

邁陂塘 雁丘

問世間，情是何物？直教生死相許。天南地北雙飛客，老翅幾回寒暑。歡樂趣，離別苦，就中更有癡兒女。君應有語，渺萬里層雲，千山暮雪，只影向誰去？ 橫汾路，寂寞當年簫鼓，荒煙依舊平楚。招魂楚些何嗟及，山鬼暗啼風雨。天也妒，未信與鶯兒燕子俱黃土。行秋萬古，爲留待騷人，狂歌痛飲，來訪雁丘處。

按此詞，裕之自序云：「太和五年乙丑歲，赴試並州，道逢捕雁者云：『今日獲一雁，殺之矣。其脫網者，悲鳴不能去，竟自投於地而死。』余因買得之，葬之汾水之上，累石爲識，號曰『雁丘』。」此詞即遺山首唱也，諸人和者頗多。而裕之樂府，深得稼軒三昧。張叔夏云：「遺山詞深於用事，精於煉句，風流蘊藉處，不減周、秦。」余謂遺山竟是東坡後身，其高處酷似之，非稼軒所可及也。其樂府自序云：「予故言宋詩大概不及唐，而樂府歌詞過之，此論殊然。樂府以來，東坡爲第一，以後便到辛稼軒，此論亦然。東坡、稼軒即不論，且問遺山得意時。自視秦、晁、賀、晏諸人爲何如？予大笑拊客背云『那知許事，且啖蛤蜊』。」是遺山平昔之旨可見也。晚年尤以著作自任，以金源氏有天下，典章法度，庶幾漢唐，國亡史作，己所當任。時金國《實錄》，在順天張萬戶家，乃言於張，願爲撰述。既而爲樂夔所沮。好問曰：「不可令一代之跡，泯而不傳。」乃構亭於家，著述其上，因名曰《野史》。凡金源君臣遺言往行，採摭所聞，輒以寸紙細字爲記，錄至百餘萬言。其後纂修《金史》，多本其所著焉。是以遺山所作，輒多故國之思。如〈木蘭花〉云：「冰井猶殘石甃，露盤已失金莖。」〈石州慢〉云：「生平王粲，而今憔悴登樓，江山信美非吾土。」〈鷓鴣天〉云：「三山宮闕空銀海，萬里風埃暗綺羅。」又云：「舊時逆旅黃粱飯，今日田家白板扉。」又云：「墓頭不要征西字，原是中原一布衣。」皆可見其襟抱也。（鄧千江〈望海潮〉一首，在當時負盛名，元人且以之入大曲，實則尋常語耳，尚不如龍洲上郭殿帥之〈沁園春〉也。）

第二　元人詞略

元人以北詞登場，而歌詞之法遂廢。其時作者，如許魯齋之〈滿江紅〉、張弘範之〈臨江仙〉，不過餘技及之，非專家之業。即如劉太保之〈乾荷葉〉、馮子振之〈鸚鵡曲〉，亦為北詞小令，非眞兩宋人之詞也。蓋入元以來，詞曲混而為一。（始自《董西廂》，如〈醉落魄〉、〈點絳唇〉、〈哨遍〉、〈沁園春〉之類，皆取詞名入曲。元人雜劇，仍之不變。）而詞之譜法，存者無多，且有詞名仍舊，而歌法全非者。是以作家不多，即作亦如長短句之詩，未必如兩宋之可按管弦矣。至如解語花之歌〈驟雨打新荷〉、陳鳳儀之歌〈一絡索〉，殊不可見也。總一朝論之，開國之初，若燕公楠、程鉅夫、盧疏齋、楊西庵輩，偶及倚聲，未擴門戶。逮仇仁近振起於錢塘，此道遂盛。趙子昂、虞道園、薩雁門之徒，咸有文彩。而張仲舉以絕塵之才，抱憂時之念，一身耆壽，親見盛衰，故其詞婉麗諧和，有南宋之舊格，論者謂其冠絕一時，非溢美也。其後如張野、倪瓚、顧阿瑛、陶宗儀，又復賡續雅音，纏綿贈答。及邵復孺出，合白石、玉田之長，寄煙柳斜陽之感，其〈掃花遊〉、〈蘭陵王〉諸作，尤近夢窗，殿步一朝，良無愧怍。此其大較也。爰分述之如左。

(1) **燕公楠** 字國材，江州人。至元初，辟贛州通判，累官至湖廣行中書省右丞。

摸魚兒　答程雪樓見壽

又浮生平頭六十，登樓悵望荊楚。出山小草成何事？閑卻竹松煙雨。空自許，早搖落江潭，一似瑯琊樹。蒼蒼天路，漫伏櫪心長，銜圖志短，歲晏欲誰與？

梅花賦，飛墮高寒玉宇。鐵腸還解情語。英雄操與君侯耳，過眼群兒誰數？霜鬢縷，只夢聽枝頭，翡翠催歸去。清觴飛羽，且細酌盱泉，酣歌郢雪，風致美無度。

按公楠即芝庵先生也。芝庵有《唱論》行世，歷論古帝王善音律者，自唐玄宗至金章宗，得五人。又謂近世大曲，爲蘇小小〈蝶戀花〉、鄧千江〈望海潮〉等十詞。陶宗儀《輟耕錄》所載，即本芝庵舊說也。又論歌之格凋、節奏、門戶、題目等，皆當行語。又云「詞山曲海，千生萬熟，三千小令，四十大曲」，亦爲明李中麓所本。蓋公深通音律，故議論親切不浮如是也。其詞不多見，所著《五峰集》，復不傳。元人盛推劉太保、盧疏齋，蓋就北曲言，非論詞也。（劉秉忠有〈三奠子〉詞，張弘範有〈鷓鴣天〉詞，皆非當行語，不備錄。）

(2)**程鉅夫**　以字行，建昌人。仕世祖，官至翰林學士承旨。謚文憲。有《雪樓集》。

摸魚子 次韻盧疏齋題歲寒亭

問疏齋湘中朱風，何如江上鸚鵡？波寒木落人千里，客裏與誰同住？茅屋趣，吾自愛吾亭，更愛參天樹。勞君爲賦，渺雪雁南飛，雲濤東下，歲晚欲何處？疏齋老，意氣經文緯武。平生握手相許。江南江北尋芳路，共看碧雲來去。黃鵠舉，記我度秦淮，君正臨清句（原注：宣城水名）。歌聲緩與，怕徑竹能醒，庭花起舞，驚散夜來雨。

按鉅夫宏才博學，被遇四朝，忠亮鯁直，爲時名臣。所傳《雪樓集》，舂容大雅，有北宋館閣餘風。所作詞不多。《詞綜》所錄，尙有《壽燕五峰》（摸魚兒）、《送王蓋臣》（點絳唇）、《答西野使君》（清平樂）三首。

(3) **楊果** 字西庵，蒲陰人。金正大中進士。入元爲北京宣撫使，出爲淮孟路總管。謚文獻。

摸魚兒 同遺山賦雁丘

恨千年雁飛汾水，秋風依舊蘭渚。網羅驚破雙棲夢，孤影亂翻波素，還碎羽。算古往今來，只有相思苦。朝朝暮暮，想塞北風沙，江南煙月，爭忍自來去。

埋恨處，依約並州舊路。一丘寂寞寒雨。世間多少風流事，天也有心相妒。休説與，還怕卻、有情多被無情誤。一杯待舉，待細讀悲歌，滿傾清淚，爲爾酹黃土。

遺山《雁丘》詞見前，此爲西庵和作。同時和者甚多，不讓「雙蕖怨」故事也。李仁卿亦有和作，見遺山詞集中。西庵詞無集，而其北詞小令，散見《陽春白雪》《太平樂府》中者至多。如〔小桃紅〕云：「採蓮人和採蓮歌，柳外蘭舟過。不管鴛鴦夢驚破。應如何？有人獨上江樓臥。傷心莫唱，南朝舊曲，司馬淚痕多。」又云：「玉簫聲斷鳳凰樓，憔悴人非舊。留得啼痕滿羅袖。去來休，樓前風景渾依舊。當初只恨無情煙柳，不解繫行舟。」清新俊逸，不亞東籬、小山也。

(4) **仇遠**　字仁近，錢塘人。官溧陽州儒學教授。有《山村集》。

齊天樂　賦蟬

夕陽門巷荒城曲，清音早鳴秋樹。薄剪綃衣，涼生影鬢，獨飲天邊風露。朝朝暮暮，奈一度淒吟，一番悽楚。尚有殘聲，驀然飛過別枝去。　齊宮前事漫省，行人猶説與。當日齊女，雨歇空山，月籠古柳，彷彿舊曾聽處。離情正苦，甚懶拂冰箋，倦拈琴譜。滿地霜紅，淺莎尋蛻羽。

按遠有《金淵集》，皆官溧陽日所作，故取投金瀨事以爲名。遠在宋末，與白珽齊名，號曰「仇白」。厥後張翥、張羽，以詩詞鳴於元代者，皆出其門。他所與唱和者，如周密、趙孟頫、吾丘衍、鮮于樞、方回、黃溍等，皆一時有名之士，故其所作，格律高雅，往往頡頏古人。其詞亦清俊拔俗，與南宋諸公相類。蓋遠雖爲元人，而所居在南方，且往來酬酢，多宋代遺臣，故所作與北人不同也。此詞見《樂府補題》，是書皆宋末遺民唱和之作，共十三人，中如王沂孫、周密、唐珏、張炎，爲尤著稱。論元詞者，當以遠爲巨擘焉。

(5)王惲　字仲謀，汲縣人。官至翰林學士承旨。謚文定。有《秋澗集》，詞四卷。

水龍吟　賦秋日紅梨花

纖苞淡貯幽香，玲瓏輕鎖秋陽麗。仙根借暖，定應不待，荊王翠被。瀟灑輕盈，玉容渾是，金莖露氣。甚西風宛轉，東闌暮雨，空點綴、眞妃淚。　誰遣司花妙手，又一番角奇爭異。使君高臥，竹亭閑寂，故來相慰。燕几螺屛，一枝披拂，繡簾風細。約洗妝快寫玉屛，芳酒枕秋蟾醉。

按惲有《秋澗集》百卷，皆以論事見長。蓋惲之文章，源出元好問，故其波瀾意度，皆不失前人矩矱。其所作《中堂事紀》、《烏臺筆補》、《玉堂嘉話》，皆足備一朝掌故。文章經濟，照耀一時，不徒以詞章著焉。其詞精密弘博，自出機杼。〔春從天上來〕一支，尤多故國之感。自製腔如〔平湖樂〕直是小令。而〔後庭花〕、〔破陣子〕，即爲北詞仙呂〔後庭花〕之濫觴。詞云：「綠樹遠連洲，青山壓樹頭。落日高城望，煙霏翠滿樓。木蘭舟，彼汾一曲，春風佳可遊。」較呂止庵小令無異。元人詞中，往往有與曲相混處，不可不察，非獨〔天淨沙〕、〔翠裙腰〕而已也。（趙子昂亦有此調，較多一襯字。）

(6) **趙孟頫**　字子昂。宋宗室，僑湖州。至元中，以程鉅夫薦，授兵部郎中，累官至翰林學士承旨。謚文敏。有《松雪齋詞》一卷。

蝶戀花

儂是江南遊冶子，烏帽青鞋，行樂東風裡。落盡楊花春滿地，萋萋芳草愁千里。
扶上蘭舟人欲醉，日暮青山，相映雙蛾翠。萬頃湖光歌扇底，一聲吹下相思淚。

按孟頫以宋朝皇族，改節事元，遂不諧於物議。然其晚年和姚子敬詩，有「同學少年今已稀，重嗟出處寸心違」之句，是未嘗不知愧悔。且風流文采，冠絕當時，不獨翰墨爲元代第一，即其文章亦揖讓於虞、楊、范、揭之間，固非陋儒所可議也。其詞迢逸，不拘拘於法度，而意之所至，時有神韻。邵復孺云：「公以承平王孫，晚嬰世變，黍離之感，有不能忘情者，故長短句深得騷人意度。」其在李叔固席上贈歌者貴貴，有〈浣溪沙〉一首云：「滿捧金卮低唱詞，尊前再拜索新詩，老夫慚愧鬢成絲。羅袖染將修竹翠，粉香須上小梅枝，相逢不似少年時。」說者謂承平結習，未能盡除，不知此正杜牧之鬢絲禪榻、粉碎虛空時也。讀公詞，宜平恕。

(7)詹玉　字可大，一號天遊，郢人。官翰林學士。

霓裳中序第一　　古鏡

一規古蟾魄，瞥過宣和幾春色。知那個柳松花怯。曾搓玉團香，塗雲抹月。龍章鳳刻，是如何，兒女消得。便孤了，翠鸞何限，人更在天北。　磨滅，古今離別。幸相從，薊門仙客。蕭然林下秋葉。對雲淡星疏，眉音影白。佳人已傾國。漫贏得，癡銅舊畫。興亡事，道人知否？見了也華髮。

按此詞，天遊至元間監醮長春宮，見羽士丈室古鏡，狀似秋葉，背有金刻「宣和御寶」四字，因賦此闋也。余見天遊諸作，如〈三姝媚〉題云《古衛舟子謂曾載錢塘宮人》，〈齊天樂〉題云《贈童甕天兵後歸杭》，其故國之思，時流露於筆墨間，蓋亦由宋人元者矣。

(8) **虞集** 字伯生，號邵庵，崇仁人。累官至翰林直學士，兼國子祭酒。有《道園集》。

蘇武慢 和馮尊師

放棹滄浪，落霞殘照，聊倚岸回山轉。乘雁雙鳧，斷蘆飄葦，身在畫圖秋晚。雨送灘聲，風搖燭影，深夜尚披吟卷。算離情何必，天涯咫尺，路遙人遠。　空自笑，洛陽書生，襄陽耆舊，夢底幾時曾見？老矣浮丘，賦詩明月，千仞碧天長劍。雪霽瓊樓，春生瑤席，容我故山高宴。待雞鳴日出，羅浮飛度，海波清淺。

按公詩文，爲四家之冠。當時虞、楊、范、揭並見稱一時。而伯生自評所作，擬諸老吏斷獄，則其自信有素也。詞不多作，《輟耕錄》載其短柱〈折桂令〉，極險窄之苦，而能揮翰自如，不爲韻縛，才大者亦工小技，信爲一代宗匠焉。

(9)**薩都剌**　字天錫，雁門人。登泰定進士，官鎮江錄事，終河北廉訪經歷。薩都剌者，漢言猶濟善也。有《雁門集》，尚書干文傳爲之序。詞學東坡，頗有豪致。

滿江紅　金陵懷古

六代豪華，春去也，更無消息。空悵望，山川形勝，已非疇昔。王謝堂前雙燕子，烏衣巷口曾相識。聽夜深、寂寞打孤城，春潮急。　思往事，愁如織。懷故國，空陳跡。但荒煙衰草，亂鴉斜日。玉樹歌殘秋露冷，胭脂井壞寒螿泣。到如今，只有蔣山青，秦淮碧。

天錫詞不多作，而長調有蘇、辛遺響。大抵元詞之始，實皆受遺山之感化。子昂以故國王孫，留意詞翰，涵養既深，英才輩出。雲石、海涯，以綺麗清新之派，振起於前，而天錫繼之，元詞以此時爲盛矣。天錫小詞，亦有法度，如〈小欄杆〉云：「去年人在鳳凰池，銀燭夜彈絲。沉水消香，梨雲夢暖，深院繡簾垂。　今年冷落江南夜，心事有誰知？楊柳風柔，海棠月澹，獨自倚欄時。」殊清婉可誦。余按天錫以宮詞得盛名，其詩清新綺麗，自成一家。虞道園作《傅若金詩序》，亦盛推之，而獨不言其詞。獨明寧獻王曾品評其詞格，蓋詞爲詩名所掩矣。

⑽**張翥**　字仲舉，晉寧人。至正初，以薦爲國子助教，累官至河南行省，平章政事，兼翰林學士承旨。有《蛻岩詞》三卷。

多麗　西湖泛舟

晚山青，一川雲樹冥冥。正參差煙凝紫翠，斜陽畫出南屏。館娃歸，吳臺遊鹿，銅仙去，漢苑飛螢。懷古情多，憑高望極，且將尊酒慰飄零。自湖上，愛梅仙遠，鶴夢幾時醒？空留得，六橋疏柳，孤嶼危亭。

待蘇堤，歌聲散盡，更須攜妓西泠。藕花深，雨涼翡翠，菰蒲軟，風弄蜻蜓。澄碧生秋，鬧紅駐景，採菱新唱最堪聽。見一片水天無際，漁火兩三星。多情月，爲人留照，未過前汀。

仲舉此詞，氣度沖雅，用韻尤嚴，較兩宋人更細。〔多麗〕一調，終以此爲正格。仲舉他作皆佳，至此調三首，亦以此爲首也。仲舉少時，負才不羈，好蹴鞠，喜音樂，不以家業屑意。一旦翻然悔悟，受業於李存之門，又學於仇仁近，由是以詩文知名。薄遊揚州，衆聞其名，爭延致之。仲舉肢體昂藏，行則偏聳一肩。

韓介玉以詩嘲之云：「垂柳陰陰翠拂簷，倚欄紅袖玉纖纖。先生掉臂長街上，十里朱簾盡下簾。」坐中皆失笑。晚年嘗集兵興以來死節之人爲一編，曰《忠義錄》，識者韙之。仲舉詞爲元一代之冠，樹骨既高，寓意亦遠，元詞之不亡，賴有此耳。其高處直與玉田、草窗相驂靳，非同時諸家所及。如〈綺羅香〉云：「水閣雲窗，總是慣曾經處。曾信有、客里關河，又怎禁夜深風雨。」刻意學白石，沖淡有致。又〈水龍吟〉《蓼花》云：「瘦葦黃邊，疏蘋白外，滿汀煙穟。」用「黃邊」「白外」四字殊新。又云：「船窗雨後數枝，低入香零粉碎。不見當年，秦淮花月，竹西歌吹。」係以感慨，意境便厚。「船窗」數語，更合蓼花神理。此等處皆仲舉特長。規模南宋諸家，可云神似。

⑾ **倪瓚** 字元鎮，無錫人。有《清閟閣集》，詞一卷。

人月圓

傷心莫問前朝事，重上越王臺。鷓鴣啼處，東風草綠，殘照花開。　悵然孤嘯，青山故國，喬木蒼苔。當時明月，依依素影，何處飛來？

此詞沉鬱悲壯，即南宋諸公爲之，亦無以過。吳彥高以此調得盛名，實不及元鎮作也。他詞如〈江城子〉《感舊》、〈柳梢青〉、〈小桃紅〉諸作，亦蘊藉可喜。蓋元鎮先世以貲雄於鄉，元鎮不事生產，強學好修，藏書數千卷，手自勘定，性又好潔，避俗若浼，故所作無塵垢氣。句曲張雨、錢塘俞和嘗繕錄其稿，論者謂「如白雲流天，殘雪在地」，洵合其高潔也。元鎮與陸友仁善，因得其詞學。集中有《懷友仁詩》云：「歸掃松陰苔，遲君踐幽約。」可見兩人之交誼，無怪其詞之雅潔也。

⑿**顧阿瑛** 字仲瑛，昆山人。舉茂才，署會稽教諭，力辭不就，後以子官封武略將軍，錢塘縣男。晚稱金粟道人。有《玉山草堂集》。

青玉案

春寒惻惻春陰薄，整半月，春蕭索。晴日朝來升屋角。樹頭幽鳥，對調新語，語罷還飛卻。　紅入花腮青入萼，盡不爽，花期約。可恨狂風空自惡，朝來一陣，晚來一陣，難道都吹落。

阿瑛世居界溪之上，輕財結客。年三十，始折節讀書，購古書名畫，三代以來，彝鼎祕玩，集錄鑒賞，殆無虛日。築玉山草堂，園池亭館，聲伎之盛，甲於天下。四方名人，如張仲舉、楊廉夫、柯九思、倪元鎭、方外張伯雨輩，常主其家，日夜置酒賦詩，風流文雅，著稱東南焉。淮張據吳，遁隱嘉興之合溪。母喪，歸綽溪。張氏再辟之，斷髮廬暮，翻閱釋典，自稱金粟道人云。其詞不多作，竹垞《詞綜》僅錄三首，〔青玉案〕外尚有〔蝶戀花〕、〔清平樂〕二支，詞境雖不高，而風趣特勝。遭世亂離，壯懷消歇，嘗自題其像云：「儒衣僧帽道人鞋，天下青山骨可埋。若說當時豪俠興，五陵鞍馬洛陽街。」其晚境亦可悲焉。

(13)白樸　字太素，又字仁甫，眞定人。有《天籟集》。

水龍吟

遺山先生有《醉鄉》一詞，僕飲量素慳，不知其趣，獨閑居嗜睡有味，因爲賦此。

醉鄉千古人行，看來直到亡何地。如何物外，華胥境界，升乎夢寐。鸞馭翩翩，蝶魂栩栩，俯觀群蟻。恨周公不見，莊生一去，誰眞解，黑甜味。　聞說希夷高臥，占三峰華山重翠。尋常羨殺，清風嶺上，白雲堆裡。不負平生，算來惟有，日高春睡。有林間，剝啄忘機，幽鳥喚，先生起。

太素少時，鞠養於元遺山。元、白爲中州世契，兩家子弟，每舉長慶故事，以詩文相往還。太素爲寓齋仲子，於遺山爲通家侄。甫七歲，遭壬辰之難，寓齋以事遠適。明年春，京城變，遺山遂挈以北渡，自是不茹葷血。人問其故，曰：「俟見吾親，即如故。」嘗罹疫，遺山晝夜抱持，凡六日，竟於臂上得汗而癒。蓋視親子弟不啻過之。讀書穎悟異常兒，日親炙遺山謦欬談笑，悉能默記。數年，寓齋北歸，以詩謝遺山云：「顧我眞成喪家狗，賴君曾護落巢兒。」居無何，父子卜居於滹陽。律賦爲專門之學。而太素有能聲，號後進之翹楚者。遺山每過之，必問爲學次第。嘗贈之詩曰：「元白通家舊，諸郎獨汝賢。」未幾，生長見聞，學問博覽，然自幼經喪亂，倉惶失母，便有山川滿目之嘆。逮亡國，恆鬱鬱不樂，以故放浪形骸，期於適意。中統初，開府史公將以所業力薦之於朝，再三遜謝，棲遲衡門，視榮利蔑如也。其詞出語遒上，寄情高遠，音節協和，輕重穩愜。凡當歌對酒，感事興懷，皆自肺腑流出，眞如天籟，因以天籟名集。江陰孫大雅云：「先生少有志於天下，已而事乃大謬。顧其先爲金世臣，既不欲高蹈遠引以抗其節，又不欲使爵祿以干其身，於是屈己降志，玩世滑稽。徙家金陵，從諸遺老，放情山水間，日以詩酒優遊，用示雅志，以忘天下。」是仁甫身世亦可惋也。詞中如《咸陽懷古》、《感南唐故宮》諸作，頗多故國之感。賦詠金陵名勝，亦有狡童禾黍之意。而〈沁園春〉「辭謝辟召」一詞，竟擬諸嵇康、山濤絕交故事，是其志尙，非同時諸子所能默契也。今人讀仁甫《梧桐雨》雜劇，僅目爲詞人，又烏知先生出處之大節哉！

⒁邵亨貞　字復孺，號清溪，華亭人。著有《野處集》及《蛾術詞選》四卷。

蘭陵王　歲晚憶王彥強而作

暮天碧，長是登臨望極。松江上，雲冷雁稀。立盡斜陽耿相憶，憑欄起太息。人隔吳王故國。年華晚，煙水正深，難折梅花寄寒驛。　東風舊遊歷。記草暗書簾，苔滿吟屐。無情征旆催離席。嗟月墮寒影，夜移清漏。依稀曾向夢裡識，恍疑見顏色。　空惜，鬢毛白。恨莫趁金鞍，猶誤塵跡。何時弭棹蘇臺側？共漉酒紗帽，放歌瑤瑟。春來雙燕，定到否，舊巷陌。

按復孺以〈眉嫵〉、〈沁園春〉二詞，得盛名於時，實是側艷語，不足見復孺之眞面也。其自序云：「龍洲先生以此詞詠指甲、小腳，爲絕代膾炙，繼其後者，獨未之見。」是復孺僅學龍洲耳。不知龍洲二詞，亦非劉改之最得意作，而世顧盛推之，世人遂以二詞概復孺，亦可謂不知復孺者矣。復孺通博敏贍，雖陰陽、醫卜、佛老書，靡弗精核。元時訓導松江府學，以子詿誤戍潁上，久乃赦還。入明方卒，年九十三。其詞如《擬古十首》，凡清眞、白石、梅溪、稼軒，學之靡不神似，即此可見詞學之深。又和趙文敏十詞，自序云：「余生十有四年而公薨，每見先輩談公典型學問，如天上人，未嘗不神馳夢想。昔東坡先生自謂不識范文正公為平生遺恨，其意蓋可想見。是復孺托契古人，足徵微尙，豈僅詞章云爾哉！」

第九章　概論四　明清

明詞蕪陋，清詞則中興時也。流派頗繁，疏論如左。

第一　明人詞略

論詞至明代，可謂中衰之期。探其根源，有數端焉。開國作家，沿伯生、仲舉之舊，猶能不乖風雅。永樂以後，兩宋諸名家詞，皆不顯於世，惟《花間》、《草堂》諸集，獨盛一時。於是才士模情，輒寄言於閨闥；藝苑定論，亦揭櫫於《香奩》。託體不尊，難言大雅。其蔽一也。明人科第，視若登瀛。其有懷抱沖和，率不入鄉黨之月旦，聲律之學，大率扣槃。迨夫通籍以還，稍事研討，而藝非素習，等諸面牆。花鳥託其精神，贈答不出臺閣。庚寅攬揆，或獻以諛詞；俳優登場，亦寵以華藻。連章累篇，不外酬應。其蔽二也。又自中葉。王、李之學盛行，壇坫自高，不可一世。微吾、長夜、于鱗既跋扈於先，才勝、相如、伯玉復簸揚於後，品題所及，淵膝隨之。謏聞下士，狂易成風。守升庵《詞品》一編，讀弇州《卮言》半冊，未悉正變，動肆詆諆。學壽陵邯鄲之步，拾溫、韋牙後之慧。「衣香百合」（用修〈如夢令〉），只崇祚之餘音；「落英千片」（弇州〈玉蝴蝶〉），亦《草堂》之墜響。句摭字捃，神明不屬，其弊三也。況南詞歌謳，遍於海內。《白苧》新奏，盛推昆山；寧庵吳歈，蚤傳白下。一時才士，竟尚側豔。美談極於利祿，雅情擬諸桑濮。以優孟纏達之言，作樂府風雅之什。小蟲機杼，義仍只工回文；細雨窗紗，圓海惟長綺語。好行小慧，無當雅言，其蔽四也。作者既雅鄭不分，讀者亦涇渭莫辨。正聲既絕，繁響遂多。刪汰之責，是在後賢。爰自青田、青丘而下，及於臥子，略爲論次之。

(1)**劉基** 字伯溫，青田人。元進士。洪武初，官至御史中丞。論佐命功，封誠意伯。爲胡惟庸毒死。正德中追謚文成。有《覆瓿集》、《犁眉公集》。

千秋歲

淡煙平楚，又送王孫去。花有淚，鶯無語。芭蕉心一寸，楊柳絲千縷。今夜雨，定應化作相思樹。　憶昔歡遊處，觸目成前古。口良會，知何許？百杯桑落酒，三疊陽關句。情未與，月明潮上迷津渚。

公詩爲開國第一，詞則與季迪並稱。其佳處雖不逮宋人，固足爲朱明冠冕也。小令頗有思致，如〈臨江仙〉、〈小重山〉、〈少年遊〉諸作，清逸可誦，惟氣骨稍薄耳。蓋明初諸家，尚不失正宗，所可議者，氣度之間，終不如兩宋。降至升庵輩，句琢字煉，枝枝葉葉爲之，益難語於大雅。自馬浩瀾、施閬仙輩，淫詞穢語，無足置喙，詞至於此，風雅掃地矣。迨季世陳臥子出，能以穠麗之筆，傳淒婉之神，始可當一代高手。此明詞大略也。公詞於長調不擅勝場。小令如〔謁金門〕云：「風裊裊，吹綠一庭春草。」〔轉應曲〕云：「秋雨秋雨，窗外白楊自語。」〔青門引〕云：「相憐自有明月，照人肺腑清如水。」〔漁家傲〕云：「亂鴉啼破樓頭鼓。」〔踏莎行〕云：「愁如溪水暫時平，雨聲一夜依然滿。」〔渡江雲〕云：「定巢新燕子，睡起雕梁，對立整烏衣。」此皆清俊絕倫者也。公在元時，有和王文明詩云：「夜涼月白西湖水，坐看三臺上將星。」好事者遂傅會之，謂公望西湖雲氣，語坐客云：「後十年有帝者起，吾當輔之。」此妄也。當公羈管紹興時，感憤至欲自殺，藉門人密里沙抱持，得不死。明祖既定婺州，猶佐石抹宜孫相守，是豈預計身爲佐命者耶？其題《太公釣渭圖》云：「偶應飛熊兆，尊爲帝者師。」則公自道也。世多以前知目公，至凡緯讖堪輿，動多妄託，豈其然乎？

(2)高啓 字季迪，長洲人。隱吳淞江之青丘，自號青丘子。洪武初，召修《元史》，授編修，擢戶部侍郎。坐魏觀蘇州府上梁文罪腰斬。有《扣舷詞》一卷。

沁園春 雁

木落時來，花發時歸，年又一年。記南樓望信，夕陽簾外，西窗驚夢，夜雨燈前。

寫月書斜，戰霜陣整，橫破瀟湘萬里天。風吹斷，見兩三低去，似落箏弦。　相呼共宿寒煙，想只在蘆花淺水邊。恨嗚嗚戍角，忽催飛起，悠悠漁火，長照愁眠。隴塞間關，江湖冷落，莫戀遺糧猶在田。須高舉，教弋人空慕，雲海茫然。

青丘樂府，大致以疏曠見長，〔行香子〕《賦芙蓉》亦一時傳誦者也。世傳青丘賈禍，因《題宮女圖》，其詩云：「女奴扶醉踏蒼苔，明月西園侍宴回。小犬隔花空吠影，夜深宮禁有誰來？」孝陵猜忌，容或有之。然集中又有《題畫犬》詩云：「猧兒初長尾茸茸，行響金鈴細草中。莫向瑤階吠人影，羊車半夜出深宮。」此則不類明初掖庭事。二詩或刺庚申君而作，好事者因之傅會也。總之明祖猜疑群下，恐有不臣之心，故於魏觀罪且不赦，因波及青丘耳。假令觀建府治，不在淮張故基，雖有讒者，亦未必入太祖之耳也。吾鄉明初有「北郭十友」之名，今傳者無一二矣。

(3) **楊基**　字孟載，嘉州人。大父仕江左，遂家吳中。洪武初，知滎陽縣，歷山西按察副使。有《眉庵集》，詞附。

燭影搖紅　簾

花影重重，亂紋匝地無人捲。有誰惆悵立黃昏，疏映宮妝淺。只有楊花得見，解匆匆尋芳覓便。多情長在，暮雨回廊，夜香庭院。　曾記揚州，紅樓十里東風軟。腰肢半露玉娉婷，猶恨蓬山遠。閑悶如今怎遣？看草色青青似剪。且教高揭，放數點殘春，一雙新燕。

孟載少時，曾見楊廉夫，命賦鐵笛詩成。廉夫喜曰：「吾意詩境荒矣，今當讓子一頭地。」當時因有老楊、小楊之目。眉庵詞更新俊可喜，尤宜於小令，如〈清平樂〉、〈浣溪沙〉諸調，更爲擅場。蓋眉庵聰慧，放出語便媚，其佳處並不摹臨《花間》、《草堂》，與中葉後元美、升庵諸作，不可同日語矣。《靜志居詩話》云：「孟載詩『芳草漸於歌館密，落花偏向舞筵多』，『細柳已黃千萬縷，小桃初白兩三花』，『布穀雨晴宜種藥，葡萄水暖欲生芹』，『雨頡風頏枝外蝶，柳遮花映樹頭鶯』，『燕子綠蕪三月雨，杏花春水一群鵝』，『江浦荷花雙鷺雨，驛亭楊柳一蟬風』諸聯，試塡入〈浣溪沙〉，皆絕妙好詞也。」洵然。

(4)**瞿佑**　字宗吉，錢塘人。洪武中，以薦歷仁和、臨安、宜陽訓導，升周府長史。永樂間謫保安，洪熙元年放還。有《樂府遺音》五卷、《餘情詞》一卷。

摸魚子 蘇堤春曉

望西湖柳煙花霧，樓臺非遠非近。蘇堤十里籠春曉，山色空濛難認。風漸順，忽聽得鳴榔，驚起沙鷗陣。瑤階露潤。把繡幕微褰，紗窗半啓，未審甚時分。

憑欄處，水影初浮日暈。遊船未許開盡。賣花聲裡香塵起，羅帳玉人猶睏。君莫問，君不見繁華易覺光陰迅。先尋芳信，怕綠葉成陰，紅英結子，留作異時恨。

宗吉風情麗逸，著《剪燈新話》及樂府歌詞，多偎紅倚翠之語，爲時傳誦。及謫戍保安，當興安失守，邊境蕭條，永樂己亥，降佛曲於塞外，選子弟唱之。時值元宵，作〈望江南〉五首，詞旨淒絕，聞者皆爲泣下。又凌彥翀於宗吉爲大父行，曾作梅詞〈霜天曉角〉、柳詞〈柳梢青〉各一百首，號「梅柳爭春」。宗吉一日盡和之。彥翀大驚嘆，呼爲小友。宗吉以此知名。後彥翀自南荒歸葬西湖，宗吉以詩送之云：「一去西川隔夜臺，忽看白壁瘞蒼苔。酒朋詩友凋零盡，只有存齋冒雨來。」其敦友誼如此。詞不多作，四聲平仄，時有舛失，而琢語固精勝也。

(5)**王九思** 字敬夫，鄠縣人。弘治丙辰進士，選庶吉士，授檢討，調吏部主事，升郎中。坐劉瑾黨，降壽州同知，尋勒致仕。有《碧山樂府》。

夏日

蝶戀花

門外長槐窗外竹，槐竹陰森，繞屋重重綠。人在綠陰深處宿，午風枕簟涼如沐。

樹底轆轤聲斷續，短夢驚回，石鼎茶方熟。笑對碧山歌一曲，紅塵不到人間屋。

敬夫與德涵，俱以詞曲見長。德涵之《中山狼》、敬夫之《杜甫遊春》皆盛年屏棄、無聊泄憤之作。而敬夫尤稱能手，詞則多酬應率意，集中壽詞多至數十首，亦可知其頽唐不經意矣。此〈蝶戀花〉一首，雖隨筆所之，而集中尙是上乘者。大抵康、王雖以詞曲著名，實皆注意散套，故論曲家則不可不推上座，論詞則曾未升堂也。世傳敬夫將塡詞，以厚貲募國工，杜門學習琵琶、三弦，熟按諸曲，盡其技而後出之，故其詞雄放奔肆，儼然有關、馬之遺。余讀其《遊春記》及康德涵《中山狼》，嬉笑譃浪，力詆西涯，無怪爲世人詬病也。德涵小令云：「眞個是不精不細醜行藏，怪不得沒頭沒腦受災殃。從今後花底朝朝醉，人間事事忘。剛方，奚落了膺和滂。荒唐，周旋了籍與康。」頗有東籬遺響。詞亦不稱盛名云。

(6) **楊愼** 字用修，新都人。正德辛未賜進士第一，授翰林修撰。以議大禮泣諫，杖謫永昌。天啓初，追謚文憲。有《升庵集》。

水調歌頭　牡丹

春宵微雨後，香徑牡丹時。雕欄十二，金刀誰剪兩三枝？六曲翠屏深掩，一架銀箏緩送，且醉碧霞卮。輕寒香霧重，酒暈上來遲。　席上歡，天涯恨，雨中姿。向人欲訴飄泊，粉淚半低垂。九十春光堪惜，萬種心情難寫，彩筆寄相思。曉看紅濕處，千里夢佳期。

用修所著書百餘種，號爲「百洽金華」。胡應麟嫌其熟於稗史，不嫻於正史，所著作《筆叢》以駁之。然楊所輯《百琲眞珍》、《詞林萬選》，亦詞家功臣也。所著《詞品》，雖多偏駁，顧考核流別，研討正變，確有爲他家所不如者。在永昌日，曾紅粉傅面，作雙丫髻插花，令諸妓扶觴遊行，了不愧怍。吳江沈自晉曾爲譜《簪花髻》雜劇，詞場艷稱之。大抵用修文學，一依茶陵衣鉢。自北地侈言復古，力排茶陵，用修乃沉酣六朝，覽採晚唐，創爲淵博靡麗之詞。其意欲壓倒李、何，爲茶陵別張壁壘，其用力固至正也。惟措辭運典，時出輕心。援據博則乖誤良多，摹仿慣則瑕疵互見。竄改古人，假託往籍，英雄欺人，亦時有之。要其鉤索淵深，藻彩繁會，自足牢籠一世。即以詞曲論之，如〈轉應曲〉云：「花落花落，日暮長門寂寞。」又：「門掩門掩，數盡寒城漏點。」〈昭君怨〉云：「樓外東風到早，染得柳條黃了。低拂玉欄杆，怯春寒。」皆不弱兩宋人之作。他如《陶情樂府》，警句尤多。如：「費長房縮不盡相思地，女媧氏補不完離恨天。」又：「別淚銅壺共滴，愁腸蘭焰同煎。」又：「和愁和悶，經歲經年。」又：「傲霜雪鏡中紫髯，任光陰眼前赤電，仗平安頭上青天。」諸語皆未經人道者。

(7)王世貞　字元美，太倉州人。嘉靖丁未進士，歷官至刑部尚書。有《弇州四部稿》。

漁家傲

細雨輕煙裝小暝，重衾不耐春寒橫，梟盡博山孤篆影。閑自省，天涯有個人同病。十二巫峰圍晝永，黃鶯可喚梨花醒。雨點芳波揩不定。臨晚鏡，眞珠簌簌胭脂冷。

《弇州四部稿》盛行海內，毀譽翕集，彈射四起，實則晚年亦自深悔也。世皆以王、李並稱，然元美才氣，十倍於鱗。惟病在愛博，筆削千兔，詩載兩牛，自以爲靡所不有，方成大家。究之千篇一律，安在其靡所不有也。《藝苑卮言》爲弇州少作，其中論詞諸篇，頗多可採。其自言云：「作《卮言》時，年未四十，與于鱗輩是古非今，此長彼短，未爲定論。行世已久，不能復祕，惟有隨事改正，勿誤後人。」元美之虛心克己，不自掩護如此。又《自述詩》云：「野夫興就不復刪，大海回風吹紫瀾。」言雖誇大，亦實語也。其詞小令特工，如〈浣溪紗〉云：「權把來書鉤午夢，起沽村釀潑春愁。」〈虞美人〉云：「鴨頭虛染最長條，醞造離亭清淚幾時消。」又：「珊瑚翠色新豐酒，解醉愁人否？」皆當行語。獨世傳《鳴鳳記》，譜介溪相國、楊忠愍公事，則時有失律欠當處。或云爲同時人假託者，要亦可信也。

(8)**張綖**　字世文，高郵人。正德癸酉舉人，官武昌通判，遷知光州。有《南湖集》。

風流子

新陽上簾幕，東風轉，又是一年華。正駝褐寒侵，燕釵春裊，句翻詞客，簪鬥宮娃。堪娛處，林鶯啼暖樹，渚鴨睡晴沙。繡閣輕煙，剪燈時候，青旗殘雪，賣酒人家。此時應重省，瑤臺畔，曾遇翠蓋香車。惆悵塵緣猶在，密約還賒。念鱗鴻不見，誰傳芳信，瀟湘人遠，空採蘋花。無奈疏梅風景，碧草天涯。

世文學詞曲於王西樓。西樓名磐，亦高郵人，爲南湖外舅。今南湖《西樓樂府．弁言》所云「不肖甥張守中」者，即綖也。中論西樓家世甚詳，不啻王博文之序《天籟集》也。南湖詞所可見者，僅《詞綜》所錄〈風流子〉、〈蝶戀花〉兩首。《古今詞話》亦盛推之，目爲風流蘊藉，足以振起一時，亦非溢美。惟所著《詩餘圖譜》一書，略有可議而已。《四庫提要》云：「是編取宋人歌詞，擇聲調合節者一百十首，匯而譜之。各圖其平仄於前，而綴詞於後，有當平當仄，可平可仄二例，而往往不據古詞，意爲塡注。於古人故爲拗句，以取抗墜之節者，多改諧詩句之律。又校讎不精，所謂黑圍爲仄，白圍爲平，半黑半白爲平仄通者，亦多混淆，殊非善本。」此言確中張氏之弊，宜爲萬氏所譏也。

(9)馬洪　字浩瀾，仁和人。有《花影集》三卷。

東風第一枝　梅花

餌玉餐香，夢雲惜月，花中無此清瑩。儼然姑射仙人，華珮明璫新整。五銖衣薄，應怯瑤臺淒冷。自驂鸞來下人間，幾度雪深煙暝。　孤絕處，江波流影。憔悴也，春風銷粉。相思千種閑愁，聲聲翠禽啼醒。西湖東閣。休說當時風景。但留取一點芳心，他日調羹翠鼎。

《詞品》云：「鶴窗善詠詩，尤工長短句，雖皓首韋布，而含吐珠玉，錦繡胸腸，居然若貴介王孫也。」詞名《花影》，蓋取月下燈前，無中生有之意。余按，明有二《花影集》，一為鶴窗，一為施子野也。鶴窗氣度春容，不入小家態，子野則流於纖麗矣。鶴窗〈少年遊〉云：「原來卻在瑤階下，獨自踏花行。笑摘朱櫻，微揎翠袖，枝上打流鶯。」〈行香子〉云：「借月前宵，病酒今朝。」〈滿庭芳〉《落花》云：「誰道天機繡錦，都化作紫陌塵埃。」頗有雋永意味，非子野所及也。

⑽ **陳子龍** 字臥子，青浦人。崇禎十年進士，官兵科給事中，進兵部侍郎。明亡，殉節，清謚忠裕。有《湘眞閣詞》。

蝶戀花

雨外黃昏花外曉，催得流年，有恨何時了？燕子乍來春又老，亂紅相對愁眉掃。午夢闌珊歸夢杳，醒後思量，踏遍閑庭草。幾度東風人意惱，深深院落芳心小。

大樽文宗兩漢，詩軼三唐，蒼勁之色，與節義相符。乃《湘眞》一集，風流婉麗，言內意外，已無遺議。柴虎臣所謂「華亭腸斷，宋玉魂銷，惟臥子有之。所微短者，長篇不足耳」。余嘗謂明詞，非用於酬應，即用於閨闥，其能上接風騷，得倚聲之正則者，獨有大樽而已。三百年中，詞家不謂不多，若以沉鬱頓挫四字繩之，殆無一人可滿意者。蓋制舉盛而風雅衰，理學熾而詞意熄，此中消息，可以參核焉。至臥子則屏絕浮華，俱見根柢，較開國時伯溫、季迪，別有沉著語，非用修、弇州所能到也。他作如〈山花子〉云：「楊柳淒迷曉霧中，杏花零落五更鐘。寂寂景陽宮外月，照殘紅。　蝶化彩衣金縷盡，蟲銜畫粉玉樓空。惟有無情雙燕子，舞東風。」淒麗近南唐二主，詞意亦哀以思矣。又〈江城子〉後半疊云：「楚宮吳苑草茸茸，戀芳叢，繞遊蜂。料得來年相見畫屏中。人自傷心花自笑，憑燕子，罵東風。」亦綿邈淒惻，不落凡響。先生於詩學至深，曾選明人詩，其自序略云：「一篇之收，互爲諷詠；一韻之疑，互相推論。覽其色矣，必准繩以觀其體；符其格矣，必吟諷以求其音；協其調矣，必淵思以研其旨。」論詩能於色澤氣韻中辨之，自是深得甘苦語，宜其詞之淵懿大雅，爲一代知音之殿也。丹徒陳亦峰云：「明末陳人中，能以濃艷之筆，傳淒惋之神，在明代便算高手。然視國初諸老，已難同日而語，更何論唐宋哉！」寓貶於褒，持論未免過刻矣。

第二　清人詞略

詞至清代，可謂極盛之期，惟門戶派別，頗有不同。二百八十年中，各遵所尙，雖各不相合，而各具異采也。其始沿明季餘習，以《花》、《草》爲宗。繼則竹垞獨取南宋，而分虎、符曾佐之，風氣爲之一變。至樊榭而浙中諸子，咸稱彬彬焉。皐文、朗甫，獨工寄託，去取之間，號爲嚴密，於是毗陵遂樹幟騷壇矣。鹿潭雄才，得白石之清，而俯仰身世，動多感喟，庾信蕭瑟，所作愈工，別裁僞體，不附風氣，駸駸入兩宋之室。幼霞之與小坡，南北不相謀也。而幼霞之嚴，小坡之精，各抒稱心之言，咸負出塵之譽。風塵澒洞，家國飄搖，讀其詞者，即可知其身世焉。一代才彥，迥出朱明之上。迨及季世，彊村、夔笙，並稱瑜亮，而新亭故國之感，尤非煙柳斜陽所可比擬矣。（朱、況兩家，以人皆生存，未便輯入云。）蓋嘗總而論之，清初輦轂諸公，尊前酒邊，借長短句以吐其胸中之氣，始而微有寄託，久則務爲諧邕。而吳越操觚家，聞風競起，選者作者，妍媸糅雜。漁洋數載廣陵，實爲此道總持。迨納蘭容若才華門地，直欲牢籠一世，享年不永，同聲悲惋。而此一時也。竹垞以出類之才，平生宗尙，獨在樂笑，《江湖載酒》，盡掃陳言。而一時裙屐，亦知趨武姜、張，叫囂奔放之風，變而爲敦厚溫柔之致。二李繼軌，更暢宗風，又得太鴻羽翼，如萬花谷中，雜以芳杜。揚州二馬、太倉諸王，俱臻妙品。而東坡詞詩，稼軒詞論，肮臟激揚之調，遂爲世所詬病。此一時也。自樊榭之學盛行，一時作家，咸思拔幟於陳、朱之外，又遇大力者，負之以趨，窈曲幽深，詞格又非昔比。武進張氏，別具論古之懷，大汰言情之作，詞非寄託不入。皋文已揭櫫於前，言非宛轉不工，子遠又聯驂於後，而黃仲則、左仲甫、惲子居、張翰風輩，操翰鑄辭，絕無餖飣之習。又有介存周子，接武毗陵，標趙宋爲四家，合諸宗於一軌，其壯氣毅力，有非同時哲匠可並者。此一時也。洪、楊之亂，民苦鋒鏑，《水雲》一卷，頗多傷亂之語，以南宋之規模，寫江東之兵革，平生自負，接步風騷，論其所造，直得石帚神理。復堂雅制，品骨高騫，窺其胸中，殆將獨秀，而藝非專嗜，難並鹿潭。《篋中詞》品題所及，亦具巨眼，開比興之端，結浙中之局，禮義不愆，根柢俱在。月坡、樵風，無所不賅，持較半塘，未云才弱，其精到之處，雅近玉田。而《茗雅》一卷，又有《狻童》、《離黍》之悲焉。此又一時也。至於論律諸家，亦以清代爲勝。紅友訂詞，實開橐籥。順卿論韻，亦推輪墨，而其所作，率皆頹唐，不稱其才，豈知者未必工，工者未必盡知之歟？於是綜核一代之言，復爲論次之。

(1)曹溶　字潔躬，嘉興人。崇禎十年進士，清官至戶部侍郎。有《靜惕堂集》，詞附。

滿江紅　　錢塘觀潮

浪湧蓬萊，高飛撼宋家宮闕。誰蕩激靈胥一怒，惹冠沖髮。點點征帆都卸了，海門急鼓聲初發。似萬群風馬驟銀鞍，爭超越。　江妃笑，堆成雪。鮫人舞，圓如月。正危樓湍轉，晚來愁絕。城上吳山遮不住，亂濤穿到嚴灘歇。是英雄未死報仇心，秋時節。

先生爲浙詞之最先者，故竹垞最爲心折。其言曰：「余壯日從先生南遊嶺表，西北至雲中，酒闌燈灺，往往以小令慢詞，更迭唱和。念倚聲雖小道，當其爲之，必崇爾雅，斥淫哇，極其能事，亦足宣昭六義，鼓吹元音。往者明三百禩，詞學失傳，先生搜輯遺傳，余曾表而出之。數十年來，浙西塡詞者，家白石而戶玉田，春容大雅，風氣之變，實由於此。」觀竹垞此言，亦猶惜抱之與海峰也。其詞雖不盡工，然頗得空靈之趣。如題《靜志居琴趣》後〈鳳凰臺上憶吹簫〉云：「無限柔腸，宛轉秋雨，夜想朱唇。」又：「眞眞者番瘦也，酒醒後，新詞只索休頻。」雅有玉田遺意。

(2)王士禛　字貽上，號阮亭，新城人。順治十八年進士，官至刑部尚書。有《衍波詞》。

浣溪沙　紅橋

北郭清溪一帶流，紅橋風物眼中秋。綠楊城郭是揚州。西望雷塘何處是？香魂零落使人愁。澹煙芳草舊迷樓。

漁洋小令，能以風韻勝，仍是做七絕慣技耳，然自是大雅，但少沉鬱頓挫之致。昔人謂漁洋詞爲詩掩，非篤論也。詞固以含蓄爲主，惟能含蓄，而不能深厚，亦是無益。若謂北宋皆如是，爲文過之地，正清初諸子之失，不獨漁洋也。長調殊不見佳，《詞綜》所錄，〈拜星月〉《踏青》一首，亦非《衍波》集中妙文。惟〈鳳凰臺上憶吹簫〉一首《和漱玉韻》者，可云集中之冠，因並錄之：「鏡影圓冰，釵痕卻月，日光又上樓頭。正羅幃夢覺，紅褪綃鉤。睡眼初瞤未起，夢裏事尋憶難休。人不見，便須含淚，強對殘秋。　悠悠，斷鴻南去，便瀟湘千里，好爲儂留。又斜陽聲遠，過盡西樓。顚倒相思難寫，空望斷南浦雙眸。傷心處，青山紅樹，萬點新愁。」思深意苦，幾欲駕易安而上之。《衍波集》中，僅見此篇。

(3)**曹貞吉**　字升六，安邱人。順治十七年舉人，官禮部員外郎。有《珂雪詞》二卷。

水龍吟 白蓮

平湖煙水微茫，個人彷彿橫塘住。碧雲乍起，羽衣初試，靚妝楚楚。露下三更，月明千里，悄無尋處。想蘆花蘋葉，空濛一色，迷玉井峰頭路。　莫是苧蘿未嫁，曳明璫若耶歸去。遊仙夢杳，瑤天笙鶴，凌波微步。宿鷺飛來，依稀難認，風吹一縷。泛木蘭舟小，輕綃掩映，問誰家女？

浙派詞喜詠物，徵故實。爲後人操戈之地在此。升六固不居此例，然如《龍涎香》、《白蓮》、《蓴》、《蟬》等篇，嘉、道以後，詞家率喜學步，而所作未必工也。余故謂律不可不細，詠物題可不作。至於借守律之嚴，恕臨文之拙，吾不願士夫效之。清初諸老，惟珂雪最爲大雅，才力雖不逮朱、陳，而取徑則正大也。其詞大抵風華掩映，寄託遙深，古調之中，緯以新意，蓋其天分於此事獨近耳。至詠物諸作，爲陳迦陵推挹者，吾甚無取也。

(4) **吳綺**　字薗次，江都人。由選貢生官湖州知府。有《藝香詞》。

釵頭鳳 冬閨

燈花滴，爐香熄，屏風靜掩遙山碧。簫難弄，衾長空，五更簾幕，月和霜重。凍，凍，凍。閑尋覓，無消息，淚痕冰惹紅綿濕。愁難送，情還種，巫雲昨夜，同騎雙鳳。夢，夢，夢。

小令學《花間》，長調學蘇、辛，清初詞家通例也。然能情語者，未必工壯語，薗次則兩者皆工。故竹垞論其詞，謂「選調寓聲，各有旨趣，其和平雅麗處，絕似西麓」，亦非溢美。余讀其〈滿江紅〉《醉吟》，有「髀肉晚銷燕市馬，鄉心秋冷揚州鶴」。又云：「海上文章蘇玉局，人間遊戲東方朔。」出語又近迦陵。蓋薗次與迦陵爲異姓昆季，是以詞境有相同處。

(5) **顧貞觀** 字華峰，號梁汾，無錫人。康熙五年舉人，官國史院典籍。有《彈指詞》。

雙雙燕 用史邦卿韻

單衣小立，正秋雨槐花，鬢絲吹冷。屏山幾曲，猶憶畫眉人並。殘葉暗飄金井，問燕子歸期未定。傷心社日辭巢，不是隔年雙影。碧甃生憐苔潤，伴欲折垂條，愈加輕俊。爲他縈繫，絮語一簾煙暝。容易雕梁占穩，待二十四番風信。重來喚取疏狂，半刻玉肩偷憑。

梁汾詞，以〈金縷曲〉二首《寄漢槎》爲最著。詞云：「季子平安否？便歸來，生平萬事，那堪回首？行路悠悠誰慰藉？母老家貧子幼。記不起、從前杯酒。魑魅擇人應見慣，料輸他覆雨翻雲手。冰與雪，周旋久。淚痕莫滴牛衣透。數天涯依然骨肉，幾家能夠？比似紅顏多薄命，更不如今還有。只絕塞苦寒難受。廿載包胥承一諾，盼烏頭馬角終相救。置此劄，君懷袖。」次章云：「我亦飄零久。十年來，深恩負盡，死生師友。夙昔齊名非忝竊，試看杜陵消瘦，曾不減夜郎僝僽。薄命長辭知己別，問人生到此淒涼否？千萬恨，爲兄剖。兄生辛未吾丁丑。共些時冰霜摧折，早衰蒲柳。詞賦從今須少作，留取心魂相守。但願得河清人壽。歸日急翻行戍稿，把空名料理傳身後。言不盡，觀頓首。」二詞純以性情結撰而成，悲之深，慰之至，叮嚀告語，無一字不從肺腑流出。此華峰之勝處也。惟不悟沉鬱之致，終非上乘。

(6) **彭孫通** 字駿孫，號羨門，海鹽人。康熙十八年鴻博第一，歷官至吏部侍郎。有《延露詞》三卷。

綺羅香 春盡日有寄

翠遠浮空，紅殘欲滴，簾掩青山無數。舊事難尋，春色半歸塵土。撲蝶會如夢光陰，研花箋相思圖譜。怪東風不爲吹愁，凝眸又見碧雲暮。　年來淪落已慣，任一身長是，飄零吳楚。珠淚緘題，恨字分明寄與。想南樓柳絮飛時，是玉人夜來憑處。應望斷遠水歸帆，濛濛江上雨。

清初諸家，羨門較爲深厚。嚴繩孫云：「羨門驚才絕豔，長調數十闋，固堪獨步江左。至其小詞，啼香怨粉，怯月淒花，不減南唐風格。」此朋友標榜之語，原非定論。余謂羨門長調小令，咸有可觀，惟不能沉著，故仍以聰明見長，蓋力量未足，不得不以巧勝也。〈憶王孫〉《寒食》、〈蘇幕遮〉《婁江寄家信》等篇，頗得北宋人遺韻。

(7) **陳維崧**　字其年，宜興人。康熙十八年，舉鴻博，授檢討。有《迦陵詞》三十卷。

江南春　和倪雲林韻

風光三月連櫻筍，美人躊躇白日靜。小樓空翠颭東風，不見其餘見衫影。無端料峭春閨冷，忽憶青驄別鄉井。長將妾淚黦紅巾，願作征夫車畔塵。　人歸遲，春去急，雨絲滿院流光濕。錦書遠道嗟奚及，坐守吳山一春碧。何日功成還馬邑，雙倚琵琶花樹立。夕陽飛絮化爲萍，攬之不得徒營營。

清初詞家，斷以迦陵爲巨擘。曹秋岳云：「其年與錫鬯，並負軼世才，同舉博學鴻詞，交又最深。其爲詞，亦工力悉敵，《烏帽》、《載酒》，一時未易軒輊也。」後人每好揚朱而抑陳，以爲竹坨獨得南宋眞脈，蓋亦偏激之論。世之所以抑陳者，不過詆其粗豪耳。而迦陵不獨工於壯語也，〈丁香〉《竹菇》、〈齊天樂〉《遼後妝樓》、〈過秦樓〉《疏香閣》、〈愁春未醒〉《春曉》、〈月華清〉諸闋，婉麗嫻雅，何亞竹垞乎？即以壯語論之，其氣魄之壯，古今殆無敵手。〈滿江紅〉〈金縷曲〉多至百餘首，自來詞家有此雄偉否？雖其間不無粗率處，而波瀾壯闊，氣象萬千，即蘇、辛復生，猶將視爲畏友也。短凋〈點絳唇〉云：「悲風吼，臨洺驛口，黃葉中原走。」〈醉太平〉云：「估船運租，江樓醉呼。西風流落丹徒，想劉家寄奴。」〈好事近〉云：「別來世事一番新，只吾徒猶昨。話到英雄末路，忽涼風索索。」平敘中峰巒疊起，力量最雄，非餘子所能及也。長調〈滿江紅〉諸曲，縱筆所之，無不雄大。如「生子何須李亞子，少年當學王曇首」。〈爲陳九之字題扇〉又「被酒我思張子布，臨江不見甘興霸」。《汴京懷古樊樓》一章下半云：「風月不須愁，變換江山，到處堪歌舞。恰西湖甲第又連天，申王府。」

此類皆極蒼涼，又極雄麗，而老辣處幾駕稼軒而上之。其年眞人傑哉！至如〈月華清〉後半云：「如今光景難尋，似晴絲偏脆，水煙終化。碧浪朱欄，愁殺隔江如畫。將半帙南國香詞，做一夕西窗閑話。吟寫，被淚痕占滿，銀箋桃帕。」〈沁園春〉《題徐渭文鐘山梅花圖》後半云：「如今潮打孤城，只商女船頭月自明。嘆一夜啼烏，落花有恨。五陵石馬，流水無聲。尋去疑無，看來似夢。一幅生綃淚寫成。攜此卷，伴水天閑話，江海餘生。」情詞兼勝，骨韻都高，幾合蘇、辛、周、姜爲一手矣。

(8) **性德**　原名成德，字容若，滿洲正白旗人。康熙十二年進士。有《飲水詞》三卷。

一叢花　詠並蒂蓮

闌珊玉珮罷霓裳，相對綰紅妝。藕絲風送淩波去，又低頭軟語商量。一種情深，十分心苦，脈脈背斜陽。

色香空盡轉生香，明月小銀塘。桃根桃葉終相守，伴殷勤雙宿鴛鴦。菰米漂殘，沉雲乍黑，同夢寄瀟湘。

容若小令，淒惋不可卒讀，顧梁汾、陳其年皆低首交稱之。究其所詣，洵足追美南唐二主。清初小令之工，無有過於容若者矣。同時佟世南有《東白堂詞》，較容若略遜，而意境之深厚，措詞之顯豁，亦可與容若相勒。然如〔臨江仙〕《寒柳》、〔天仙子〕《淥水亭秋夜》、〔酒泉子〕《荼蘼謝後作》，非容若不能作也。又〔菩薩蠻〕云：「楊柳乍如絲，故園春盡時。」淒惋閑麗，較「驛橋春雨」更進一層。或謂容若是李煜轉生，殆專論其詞也。承平宿衛，又得通儒爲師，搜輯舊籍，刊布藝林，其志尚自足千古，豈獨琢詞之工已哉？

(9)**朱彝尊**　字錫鬯，號竹垞，秀水人。康熙十八年，以布衣召試鴻博，授檢討。有《江湖載酒集》三卷、《靜志居琴趣》一卷、《茶煙閣體物集》二卷、《蕃錦集》一卷。

解珮令　　自題詞集

十年磨劍，五陵結客，把平生涕淚都飄盡。老去塡詞，一半是空中傳恨。幾曾圍燕釵蟬鬢。　不師秦七，不師黃九，倚新聲玉田差近。落拓江湖，且分付歌筵紅粉。料封侯、白頭無分。

竹垞諸作，《載酒集》灑落有致，《茶煙閣》組織甚工，《蕃錦集》運用成語，別具匠心，皆無甚大過人處。惟《靜志居琴趣》一卷，盡掃陳言，獨出機杼。艷詞有此，不獨晏、歐所不能，即李後主、牛松卿亦未易過之。生香眞色，得未曾有。其前後次序，略可意會，不必穿鑿求之也。余嘗謂竹垞自比玉田，故詞多瀏亮，惟秦七與黃九，不可相提並論。秦之工處，北宋殆無與抗，非黃九所能望其肩背。竹垞不學秦，而學玉田，蓋獨標南宋之幟耳。然而竹垞託體之不能高，即坐此病，知音者當以余言爲然也。近人懾於陳、朱之名，以爲國朝冠冕，不知陳、朱雖足弁冕一朝，究其所詣，尚未絕倫。有志於古者，當宜取法乎上也。

⑽李良年　字符曾，秀水人。康熙十八年舉鴻博。有《秋錦山房詞》二卷。

疏影　　黃梅

歲闌記否？著淺檀宮樣，初染庭樹。懶趁群芳，雪後春前，年年點綴寒圃。橫斜月淡蜂黃影，長只傍短垣低護。倚茜裙、欲撚苔枝，凍鳥一雙飛去。　依約荷圓磬小，剪來越鏡裡，先映眉嫵。蓓蕾勻拈，細絞銀絲，敘冷玉魚偏處。還愁羯鼓催無力，沸蟹眼膽瓶新注。正暖香夢惹江南，忘了隴頭人苦。

秋錦論詞，必盡掃蹊徑。嘗謂南宋詞人，夢窗之密，玉田之疏。必兼之乃工。斯言最確。然秋錦自作諸詞，不能踐此言也。夢窗固密，惟有靈氣往來，玉田固疏，而其沉著處，雖白石亦且不及。浙詞專學玉田之疏，於是打油腔格，搖筆即來。如「別有一般天氣」「禁得天涯羈旅」等語，一時詞稿中，幾幾觸目皆是。又好運用書卷。「秋錦催雪」之《紅梅》用《比紅兒詩》，必注明「羅虬」。〈解連環〉《送孫以愷使朝鮮》用《雌圖別敘》，又須注明「孝經緯」。不知詞之佳處，不必以書卷見長，搬運類書，最無益於詞境也。符曾所作，純疵互見。如〈好事近〉云：「五十五船舊事，聽白頭人語。」〈高陽臺〉云：「一笛東風，斜陽淡壓荒煙。」〈踏莎行〉云：「遊人休弔六朝春，百年中有傷心處。」勝國之感，妙於淡處描寫，味雋意長，似非竹垞所能到者。

⑾**李符**　字分虎，一字耕客，嘉興人。布衣。有《耒邊詞》二卷。

齊天樂　茗南道中

野塘水漫孤城路，曉來載詩移檻。柳惲汀荒，丘遲宅壞，急雨鳴蓑千點。綠蕪如染，映翠藻參差，鵜鶘能占。沽酒何村？花明獨樹小橋店。　昔遊如昨日耳，記深深院宇，羅綺春艷。妝閣懸蛛，舞衫化蝶，滿目繁華都減。濕雲乍斂，露浮玉遙峰，相看無厭。漁唱滄浪，荻根燈又閃。

竹垞論分虎詞云：「分虎遊屐所向，南朔萬里，詞帙繁富，殆善學北宋者。頃復示我近稿，益精研於南宋諸名家詞，乃變而愈上矣。」斯言也，蓋即為自己張旗鼓也。是時長調詞學南宋者不多，分虎與竹垞同旨，宜其水乳交融矣。按南宋詞，格律居音先，而〈齊天樂〉四處去上，分虎竟未遵守，是詞律亦有舛誤也。惟集中佳句頗多，賦物體亦有弦外意，較秋錦誠不愧弟兄耳。如〈河滿子〉《經阮司馬故宅》云：「慘澹君王去國，風流司馬無家。歌扇舞衣行樂地，只餘衰柳棲鴉。贏得名傳樂部，春燈燕子桃花。」〈疏影〉《帆影》云：「忽遮紅日江樓暗，只認是涼雲飛度。待翠蛾簾底憑看，已過幾重煙浦。」〈釣船笛〉云：「曾去釣江湖，腥浪黏天無際。淺岸平沙自好，算無如鄉里。從今只住鴨兒邊，遠或泛苕水。三十六陂秋到，宿萬荷花裡。」此等隨手揮灑，別具天然風骨。

(12) **厲鶚** 字太鴻，錢塘人。康熙五十九年舉人，乾隆元年薦舉鴻博。有《樊榭山房詞》二卷，續集二卷。

齊天樂

秋聲館賦秋聲

簟淒燈暗眠還起，清商幾處催發？碎竹虛廊，枯蓮淺渚，不辨聲來何葉。桐飆又接，盡吹入潘郎，一簪愁髮。已是難聽，中宵無用怨離別。　陰蟲還更切切，玉窗挑錦倦，驚響簷鐵。漏斷高城，鐘疏野寺，遙送涼潮嗚咽。微吟漸怯。訝籬豆花開，雨篩時節。獨自開門，滿庭都是月。

清朝詞人，樊榭可謂超然獨絕者矣。論者謂其沐浴白石、梅溪，洵是至言。大抵其年、錫鬯、太鴻三人，負其才力，皆欲於宋賢外別樹一幟，而窈曲幽深，當以樊榭爲最。學者循是以求深厚，則去姜、史不遠矣。集中佳處，指不勝縷。如〈國香慢〉《素蘭》云：「月中何限怨？念王孫草綠，孤負空香。冰絲初弄清夜，應訴悲涼。玉斫相思一點，算除是連理唐昌。閑階澹成夢，白鳳梳翎，寫影雲窗。」聲調清越，是其本色，亦是其所長。又〈百字令〉云：「萬籟生山，一星在水，鶴夢疑重續。」「拏音遙去，西岩漁父初宿。」無一字不清俊。下云：「林淨藏煙，峰危限月，帆影搖空綠。隨風飄蕩，白雲還臥深谷。」煉字煉句，歸於純雅，此境亦未易到。至於造句之工，亦雅近樂笑翁，世有陸輔之，定錄入詞眼也。如〈齊天樂〉云：「將花插帽，向第一峰頭，倚空長嘯。」〈高陽臺〉云：「袛翠分峰，凝花出土。」〔憶舊遊〕云：「溯溪流雲去，樹約風來，山剪秋眉。」又云：「又送蕭蕭響，盡平沙霜信，吹上僧衣。憑高一聲彈指，天地入斜暉。」諸如此類，是樊榭獨到處。

⒀江炳炎　字研南，錢塘人。有《琢春詞》。江昱、江昉附。

垂楊

柳影輕寒乍暖，算碧陰占地，晝閑庭院。欲折偏難，巧鶯空送聲千囀。休嫌雲暗章臺畔，怕纖雨楚腰吹斷。正依稀低映江潭，共夕陽飄亂。　辛苦長亭夜半，是搖漾瘦魂，免華初滿。誤了閨人，也曾描出春前怨。還教學綴修蛾淺，但漠漠如煙一片。秋來待寫疏痕，愁又遠。

研南在清代不甚顯，然學南宋處，頗有一二神解，與賓谷音趣相同。賓谷得南宋之意趣，研南得南宋之神理，若橙里則句琢字煉，歸於純雅，惟不能深厚，此三江詞之工力，皆不能到沉鬱地步也。清朝詞家多犯此病，故驟覽之，居然姜、史復生，深求之，皆姜、史之糟粕而已。

⒁王策　字漢舒，太倉人。諸生。有《香雪詞鈔》二卷。時翔附。

薄幸

秋槎題余《香雪詞》，似有宋玉之疑，賦此奉答。

心花落艷，似寂寞枯禪退院。便吟出曉風殘月，那是蘭陵眞面。只鈞天一夢消魂，顏憑淚洗腸輪轉。嘆雨絮前緣，霜蘭現業，負盡三生恩眷。　卻是詩因墨果，休猜做世間情戀。況天荒地老，名聞影隔，東風不認樓中燕。秋墳露濺，倘知音憐我，客嘲肯制招魂換。裝來玳瑁，留抵返生香片。

太倉諸王，皆工詞翰，漢舒尤爲傑出，惜其享年不永，未盡所長，其筆分固甚高也。作詞貴在悲鬱中見忠厚，若悲怨而激烈，則其人非窮則夭。漢舒〈念奴嬌〉《秋思》一首，頗有衰颯氣象。如：「浮生皆夢，可憐此夢偏惡。」又云：「看取西去斜陽，也如客意，不肯多耽擱。」皆悲慘語耳，卒至早夭。言爲心聲，便成詞讖矣。漢舒外惟小山爲佳。小山工爲綺語，才不高而情勝，措語亦自婉雅，無綺羅惡態。如：「病容扶起淡黃時。」又云：「燕子尋人巷口，斜陽記不眞。」又云：「一雙紅豆寄相思，遠帆點點春江路。」又云：「燈微屏背影，淚暗枕留痕。」皆情詞淒惋，晏、歐之流亞也。

(15) **史承謙** 字位存，宜興人。諸生。有《小眠齋詞》四卷。

雙雙燕 過紅橋懷立甫

春愁易滿，記紅到櫻桃，乍逢歡侶。幾番攜手，醉裡聽殘杜宇。曾向花源問渡，是水國風光多處。可應酒滯香留，不記江南春雨。 南浦，清陰如故，誰料得重來，暗添淒楚。月蓬煙棹，載了冷吟人去。可惜千條弱柳，更難繫輕帆頻住。如今綠遍橋頭，盡作情絲恨縷。

清詞中其年雄麗，竹垞清麗，樊榭幽麗，位存則雅麗，皆一代艷才，位存稍得其正而已。如：「團扇先秋生薄怨，小池風不斷。」神似溫、韋語，然非心中真有怨情，亦不能如此沉摯。他詞如〔探桑子〕云：「淚滴寒花，漸漸逢人說鬢華。」〔滿江紅〕云：「更不推辭花下酒，最難消受黃昏雨。」非天才學力兼到者不能。同時如朱雲翔、吳荀叔、朱秋潭、汪對琴諸君，皆以詞名東南，然概不如位存也。

(16) **任曾貽** 字淡存，荊溪人。諸生。有《矜秋閣詞》一卷。

百字令　立春前一日，寄懷儲文漪津

短篷聽雨。共江千秋晚，幾番潮汐。不道煙帆分別浦，一水迢迢長隔。貰酒當壚，敲詩午夜，彈指成今昔。雙魚何處？飄搖尺素難覓。　又是雪霽明窗，爐溫小閣，殘臘餘今夕。想到南枝初破蕊，一點新春消息。穩臥湖林，鬢絲無恙，肯便閑吟筆。甚時花底，玉尊同醉春碧。

儲長源云：「淡存詞刪削靡曼，獨存性靈，於宋人不沾沾襲其面貌，而能吸其神髓，一語之工，令人尋味無窮。」余按淡存與位存、遂佺（朱雲翔，字遂佺，元和人。有《蝶夢詞》），工力相等。《矜秋》一集，卓有聲譽，而律以沉著兩字，尚未能到，一覽便知清人之詞，然其用力亦勤矣。宜興多彥，二史、儲、任皆負清才，承紅友之律，而能以妍麗語出之。至周介存，遂得獨辟奧窔，自抒偉論，其於陽湖，洵可揖讓壇坫，不得以附庸目之也。淡存他作如〈臨江仙〉云：「砧聲今夜月，燈影昔年情。」〈高陽臺〉云：「何因得似紅襟燕，認朱樓飛入伊家。」〈西子妝〉云：「相思一點落誰家？嘆匆匆欲留難住。」皆佳。惟〈買陂塘〉云：「花開常怕春歸早，那更幾經煙雨。」〈祝英臺〉云：「眼看紅紫飄殘，薔薇開也，尚留得春光幾許？」則摹仿稼軒，太覺形似矣。

⒄過春山　字葆中，吳縣人。諸生。有《湘雲遺稿》二卷。

倦尋芳　過廢國，見牡丹盛開，有感

絮迷蝶徑，苔上鶯簾，庭院愁滿。寂寞春光，還到玉欄杆畔。怨綠空餘清露泣，倦紅欲倩東風浣。聽枝頭，有哀音淒楚，舊巢雙燕。漫佇立，瑤臺路杳，月珮雲裳，已成消散。獨客天涯，心共粉香零亂。且共花前今夕酒，洛陽春色匆匆換。待重來，只有斷魂千片。

湘雲筆意騷雅，爲吾鄉詞家之秀，論其品格，雅近樊榭。吳竹嶼稱其詞「如雪藕冰桃，沁人醉夢」，此言是也。余謂湘雲詞，聰秀在骨，咀嚼無厭。其人獨立不懼，當時壇坫，皆未嘗附和，所謂不隨風氣者是也。吾鄉詞人至多，論不附聲氣，獨行其是者，僅葆中一人而已。他如潘氏諸子，問梅七子，貴冑標榜，皆不如湘雲矣。葆中詞如〈明月生〉《南浦》云：「幾點萍香鷗夢穩，柳棉吹盡春波冷。」又：「回首桃源仙路迴，一聲欸乃川光暝。」〈瑞鶴仙〉云：「淒惻。西泠春晚，天竺雲深，空懷孤潔。荷衣未葺，天涯愁倚岩石。念幽人去後，峰南峰北，多少啼猿喚客。暗傷心欲薦江蘺，夜涼露白。」皆不事雕琢，以氣度勝者，是之謂大雅。

⒅張惠言　字皋文，武進人。有《茗柯詞》。琦附。

木蘭花慢　楊花

盡飄零盡了，誰人解當花看。正風避重簾，雨回深幕，雲護輕幡。尋他一春伴侶，只斷紅相識夕陽間。未忍無聲墜地，將低重又飛還。　疏狂情性，算淒涼耐得到春闌。便月地和梅，花天伴雪，合稱清寒。收將十分春恨，做一天愁影繞雲山。看取青青池畔，淚痕點點凝斑。

皋文《詞選》一編，掃靡曼之浮音，接風騷之眞脈，直具冠古之識力者也。詞亡於明，至清初諸老，具復古之才，惜未能窮究源流。乾、嘉以還，日就衰頹，皋文與翰風出，而溯源竟委，辨別眞僞，於是常州詞派成，與浙詞分鑣爭先矣。皋文〈水調歌〉五章，既沉鬱，又疏快，最是高境。論者輒以爲疏於律度，洵然，然不得以此少之。如首章云：「難道春花開落，又是春風來去，便了卻繁華。花外春來路，芳草不曾遮。」次章云：「招手海邊鷗鳥，看我胸中雲夢，蒂芥近如何？楚越等閑耳，肝膽有風波。」三章云：「珠簾捲春曉，蝴蝶忽飛來。遊絲飛絮無緒，亂點碧雲釵。腸斷江南春思，黏著天涯殘夢，剩有首重回。銀蒜且深押，疏影任徘徊。」五章云：「曉來風，夜來雨，晚來煙。是他釀就春色，又斷送流年。」熱腸鬱思，全自風騷中來，所以不可及也。《茗柯》存詞，只四十六首，可謂簡而又簡。仁和譚仲修，擬爲評注，而迄未能就，甚可惜也。弟琦，字翰風，與皋文同撰《宛鄰詞選》，雖町畦未盡，而奧窔始開。其所作諸詞，亦深美閎約，振北宋名家之緒。如〈南浦〉云：「驚回殘夢，又起來，清夜正三更。花影一枝枝瘦，明月滿中庭。道是江南綺陌，卻依然小閣倚銀屏。悵海棠已老，心期難問，何處望高城？忍記當時歡聚，到花時，長此託春醒。別恨而今誰訴？梁燕不曾醒。簾外依依香絮，算東風吹到幾時停？向鴛衾無奈，啼鵑又作斷腸聲。」妍麗流轉，雅近少游，宜其負盛名於江南也。其子仲遠序《同聲集》有云：「嘉慶以來名家，皆從此出。」信非虛語。周止齋益窮正變，潘四農又持異論，要之倚聲之學，至二張而始尊，此可爲定論耳。

⒆周濟　字保緒，荊溪人。有《止庵詞》。

渡江雲　　楊花

春風眞解事，等閑吹遍，無數短長亭。一星星是恨，直送春歸，替了落花聲。憑欄極目，蕩春波萬種春情。應笑人、舂糧幾許，便要數征程。冥冥，車輪落日，散綺餘霞，漸都迷幻景。問收向紅窗畫篋，可算飄零？相逢只有浮萍好，奈蓬萊東指，弱水盈盈。休更惜，秋風吹老蓴羹。

茗柯《詞選》出，倚聲之學日趨正鵠。張氏甥董晉卿，亦能踵美。止庵又切磋於晉卿，而持論益精。其言曰：「愼重而後出之，馳騁而變化之，胸襟醞釀，乃有所寄。」又曰：「詞非寄託不入，專寄託不出。一物一事，引伸觸類，意感偶生，假類必達，斯入矣。萬感橫集，五中無主，赤子隨母，笑啼由人，緣劇悲喜，能出矣。」至其所撰《詞辨》及《宋四家詞筏》，推明張氏之旨而廣大之，此道遂與於著作之林，與詩賦文筆，同其正變也。止庵自作諸詞，亦有寄旨，惟能入而不能出耳。如〈夜飛鵲〉之《海棠》、〈金明池〉之《荷花》，雖各有寓意，而詞涉隱晦，如索枯謎，亦是一蔽。余謂詞本於詩，當知比興固已。究之《尊前》、《花外》，豈無即景之篇？必欲深求，殆將穿鑿。皋文與止庵，雖所造之詣不同，而大要在有寄託，尙蘊藉，然而不能無蔽。故二家之說，可信而不可泥也。

⒇ **項鴻祚** 字蓮生，錢塘人。有《憶雲詞》四卷。

蘭陵王 春晚

晚陰薄，人在酴醾院落。秋千罷，還倚瑣窗，花雨和煙冷銀索。近來情緒惡，遮莫，青春過卻。單衣減，沉水自薰，酒病經年怯孤酌。　低低燕穿幕，任篋綠綃紅，心事難託。柳絲繫夢輕飄泊。嘆衾風羞展，鏡鸞空掩，思量睡也怎睡著。恨依舊寂寞。妝閣，閉魚鑰。怕唱到陽關，簫譜慵學。夜占蛛喜朝靈鵲。只目斷千里，錦帆天角。玲瓏簾月，照見我，又瘦削。

蓮生詞甲乙丙丁稿，意學夢窗，集中擬體至多，其才力固高人一等，持律亦細，惟其措辭終傷滑易。余始喜讀之，與郭頻伽等。繼知頻伽不可學，遂屏不復觀，獨愛《憶雲》矣。又見同時詞家推崇甚至，譚仲修云：「有白石之幽澀，而去其俗；有玉田之秀折，而無其率；有夢窗之深細，而化其滯，殆欲前無古人。」黃韻甫曰：「《憶雲詞》古艷哀怨，如不勝情，猿啼斷腸，鵑淚成血，不知其所以然也。」初不知一入其彀，必至儇薄也。蓋蓮生天資聰俊，故出語能沁人心脾，且律度諧合，澀體諸詞，一經爐錘，無不諧妥。於是論頻伽則嚴，論憶雲則寬，實則詞律之細，固郭不如項，而詞品之差，則相去無幾也。（集中如〔河傳〕云：「梧桐葉兒風打窗。」〔南浦〕《詠柳》云：「且去西泠橋畔等。」〔卜算子〕云：「也似相思也似愁。」（減蘭）云：「只有垂楊，不放秋千影過牆。」（百字令）云：「歸期自問，也應芍藥開矣。」諸如此類，皆徒作聰明語，與南北曲幾不能辨。）其丁稿自序云：「不爲無益之事，何以遣有涯之生？」亦可哀其志矣。以成容若之貴，項蓮生之富，而詞皆悲艷哀怨，所謂傷心人別有懷抱也。

(21) **蔣春霖**　字鹿潭，江陰人。有《水雲樓詞》二卷。

揚州慢　癸丑十一月二十七日，賊趨京口，報官軍收揚州

野幕巢烏，旗門噪鵲，譙樓吹斷笳聲。過滄桑一霎，又舊日蕪城。怕雙燕、歸來恨晚，斜陽頹閣，不忍重登。但紅橋風雨，梅花開落空營。　劫灰到處，便遺民、見慣都驚。問障扇遮塵，圍棋賭墅，可奈蒼生。月黑流螢何處？西風黯、鬼火星星。更傷心南望，隔江無限峰青。

嘉慶以前，詞家大抵爲其年、竹垞所牢籠，皋文、保緒，標寄託爲幟，不僅僅摹南宋之壘，隱隱與樊榭相敵。此清朝詞派之大概也。至鹿潭而盡掃葛藤，不傍門戶，獨以風雅爲宗，蓋託體更較皋文、保緒高雅矣。詞中有鹿潭，可謂止境。譚仲修雖尊莊中白，陳亦峰亦崇揚之，究其所詣，尚不足與鹿潭相抗也。詞有律有

文，律不細非詞，文不工亦非詞。有律有文矣，而不從沉鬱頓挫上著力，或以一二聰明語見長，如《憶雲詞》類。尤非絕生之技也。鹿潭律度之細，既無與倫，文筆之佳，更爲出類，而又雍容大雅，無搔頭弄姿之態。有清一代，以水雲爲冠，亦無愧色焉。復堂論水雲曰：「文字無大小，必有正變，必有家數。水雲詞固清商變徵之聲，而流別甚正，家數頗大，與成容若、項蓮生，二百年中，分鼎三足。咸豐兵事，天挺此才，爲倚聲家老杜。而晚唐兩宋，一唱三嘆之意，則已微矣。」（《篋中詞》五）余謂復堂以鹿潭得流別之正，此言極是，惟以成、項二君並論，則鄙意殊不謂然。成、項皆以聰明勝人，烏能與水雲比擬？且復堂既以杜老比水雲，試問成、項可當青蓮、東川歟？此蓋偏宕之論也。鹿潭不專尚比興，〈木蘭花〉、〈臺城路〉固全是賦體，即一二小詞如〈浪淘沙〉、〈虞美人〉亦直言本事，絕不寄意帷闥，是眞實力量，他人極力爲之，不能工也。至全集警策處，則又指不勝僂。如〈木蘭花慢〉云：「雲埋蔣山自碧，打空城、只有夜潮來。」又云：「看莽莽南徐，蒼蒼北固。如此山川。鉤連，更無鐵鎖，任排空、檣艫自迴旋。寂寞魚龍睡穩，傷心付與秋煙。」又〈甘州〉云：「避地依然滄海，隨夢逐潮還。一樣貂裘冷，不似長安。」又云：「引吳鉤不語，酒罷玉犀寒。總休問、杜鵑橋上，有梅花、且向醉中看。南雲暗，任征鴻去，莫倚欄杆。」〈淒涼犯〉云：「疏燈暈結，覺霜逼簾衣自裂。」（唐多令）云：「哀角起重關，霜深楚塞寒。背西風歸雁聲酸。一片石頭城上月，渾怕照舊江山。」皆精警雄秀，絕非局促姜、張範圍者，可能出此也。

(22)**周之琦**　字稚圭，祥符人。嘉慶十三年進士，官廣西巡撫。有《金梁夢月詞》。（應在鹿潭前）

三妹媚　海澱集賢院

交枝紅在眼。蕩簾波香深，鏡瀾痕淺。費盡春工，占勝遊、惟許等閑鶯燕。步屧廊回，盈褪粉、蛛絲偷罥。小影嶺㳽，冷到梨雲，便成秋苑。　容易題襟吹散。又酒逐花迷，夢將天遠。馬繫垂楊，但翠眉還識，舊時人面。暗數韶華，空笑我、櫻桃三見。剩有盈盈蝴蝶，西窗弄晚。

夢月詞渾融深厚，語語藏鋒，北宋瓣香，於斯未墜（黃韻甫語）。余謂稚圭詞，託體至高，誠有如韻甫之言者。近時論者與鹿潭並稱，似尚非確當。鹿潭集中，無酬應之作，夢月則社課特多，即此而論，已不如水雲矣。且悼亡諸作，專錄一卷，雖元相才多，未免士衡辭費。至《心日齋十六家詞選》，截斷衆流，金針暗度，縱不如皋文、保緒之高，要亦倚聲家疏鑿手也。

(23) **戈載** 字順卿，吳縣人。諸生，官國子監典簿。有《翠薇花館詞》三十九卷。

蘭陵王 和周清眞韻

畫橋直，明鏡波紋縐碧。輕煙繞，歌榭舞樓，一派迷離黯春色。東風遍故國。吹老關津怨客。長堤畔千縷翠條，時見流鶯度金尺。　萍蹤半陳跡。記側帽題襟，香靄搖席。天涯今又逢寒食。嘆攜手人遠，俊遊難再。飛花飛絮散舊驛，送潮過江北。　悲惻，亂愁積。對孤館殘燈，無限淒寂。青門望斷情何極？乍倚枕尋夢，怕聞鄰笛。那堪窗外，更細雨，夜半滴。

清代詞集之富，莫如迦陵，順卿《翠薇詞》，乃更過之，而泥沙不除，亦與迦陵相等。集中佳構，如〈山亭宴〉《秋晚遊天平山》、〈霜葉飛〉《落葉》、〈垂楊〉《題吳伊人白門楊柳圖》、〈春霽〉《柳影》、〈露華〉《苔痕》、〈南浦〉《春水》《秋水》二首、〈步月〉《春夜閑步》、〈惜紅衣〉《皇甫墩觀荷》、〈瑣寒窗〉《秋晚》、〈秋宵吟〉《題籜石老人秋葉圖》等作，精心結撰，文字音律，兩臻絕頂，宜其獨步江東，一時無與抗衡也。順卿論詞律極精，於旋宮八十四調之旨，研討至深，故其自稱，在能辨陰陽，能分宮調。又白石旁譜，當時詞家，不甚明瞭，順卿能一一按管，數百年聚訟紛如，望而卻步者，一旦大暢其理，此誠絕頂聰明也。惟集中平庸蕪淺諸作，觸目皆是，讀者亦以其守律之嚴，反恕其行文之劣，無怪爲謝枚如所譏也。順卿詞開卷即有《龍涎香》、《白蓮》、《蓴蟬》等題，此當日學南宋者幾成例作習氣，愈覺可厭。且順卿一貢士耳，太學典簿，未嘗一履任也。而自十三卷後，交遊漸廣，攀援漸高，中丞、方伯、觀察、太守、司馬、明府歷碌滿紙，所作無非應酬，虛聲愈大，心靈愈短，豈芝麓之於迦陵乎？抑何其不憚煩也？至爲麟見亭河帥題《鴻雪因緣圖》，前後合一百六十闋，多至四卷，觀其自述，知配合雕鏤，費盡苦心。然以《花間》、《蘭畹》之手筆，加以引商刻羽之功夫，乃爲鉅公譜榮華之錄，摹德政之碑也。言之不足，又長言之，若以爲有厚幸焉。此眞極詞場之變矣。

(24) **莊棫** 字中白，丹徒人。有《蒿庵詞》。

高陽臺 長樂渡

長樂溪邊，秦淮水畔，莫愁艇子曾攜。一曲西河，尊前往事依稀。浮萍綠漲前溪遍，問六朝遺跡都迷。映頗黎，白下城南，武定橋西。　行人共說風光好，愛沙邊鷗夢，雨後鶯啼。投老方回，練裙十幅誰題？相思子夜春還夏，到歡聞、先已淒淒。更休提，柳外斜陽，煙外長堤。

中白與譚復堂並稱，其詞窮極高妙，爲道、咸間第一作手。平生論詞宗旨，見於《復堂詞序》。其言云：「夫義可相附，義即不深。喻可專指，喻即不廣。託志房帷，眷懷身世，溫、韋以下，有跡可尋。然而自宋及今，幾九百載，少游、美成而外，合者鮮矣。又或用意太深，義爲辭掩，雖多比興之旨，未發縹緲之音。近世作者，竹垞擷其華，而未芟其蕪。茗柯溯其源，而未竟其委。」又曰：「自古詞章，皆關比興。斯義不明，體制遂舛。狂呼叫囂，以爲慷慨。矯其弊者，流爲平庸。風詩之義，亦云渺矣。」（《譚復堂詞序》）先生此論，實具冠古之識，非大言欺人也。其詞深得比興之致。如〈蝶戀花〉四章，即所謂「託志房帷，眷懷身世」也。首章云：「城上斜陽依綠樹。門外斑騅，過了偏相顧。玉勒珠鞭何處住？回頭不覺天將暮。」「回頭」七字，感慨無限。下云：「風裏餘花都散去。不省分開，何日能重遇？凝睇窺君君莫誤，幾多心事從君訴。」聲情酸楚，卻又哀而不傷。次章云：「百丈遊絲牽別院。行到門前，忽見韋郎面。欲待回身釵乍顫，近前卻喜無人見。」心事曲曲傳出，釵顫身回，見得非常周折。下云：「握手忽忽難久戀。還怕人知，但弄團團扇。強得分開心暗戰，歸時莫把朱顏變。」韜光匿彩，憂讒畏譏，可爲三嘆。三章云：「綠樹陰陰晴晝午，過了殘春，紅萼誰爲主？宛轉花幡勤擁護，簾前錯喚金鸚鵡。」詞殊怨慕，所遇不合也。故下云：「回首行雲迷洞戶。不道今朝，還比前朝苦。」悲怨已極。結云：「百草千花羞看取，相思只有儂和汝。」怨慕之深，卻又深信不疑，非深於風騷者，不能如此忠厚。四章云：「殘夢初回新睡足。忽被東風，吹上橫江曲。寄語歸期休暗卜，歸來夢亦難重續。」決然捨去，中有怨情。下云：「隱約遙峰窗外綠。不許臨行，私語頻相囑。過眼芳華眞太促，從今望斷橫波目。」天長地久之情，海枯石爛之恨，不難得其纏綿沉著，而難得溫厚和平耳。故先生之詞，確自皋文、保緒中出，而更發揮光大之也。

(25) **譚廷獻** 字仲修，仁和人。有《復堂類稿》，詞附。

金縷曲 唐棲月夜，懷勞平甫

木葉飛如雨。繞空舟，惟聞暗浪，悄無人語。篷背新霜侵衣袂，冷壓釭花不吐。料此際微吟閉戶。三徑蕭蕭蓬蒿滿，記往前裙屐歡誰補？春去也，惜遲暮。

飄零我亦泥中絮。嘆明朗入懷月色，夜深還去。芳草變衰浮雲改，況復美人黃土。算生作有情原誤。莫倚平生丹青手，看尋常顏面皆行路。哀與樂，等閒度。

仲修詞取徑甚高，源委深達，窺其胸中眼中，非獨不屑為陳、朱，抑且上溯唐五代，此浙詞之變也。仲修之言曰：「南宋詞敝，瑣屑餖飣。朱、厲二家，學之者流為寒乞。枚庵高朗，頻伽清疏，浙詞為之一變。」余謂吳、郭二子。不足當此語，變浙詞者，復堂也。其〔蝶戀花〕六章，美人香草，寓意甚遠。余最愛「玉枕醒來追夢語，中門便是長亭路」。又：「慘綠衣裳年幾許？爭禁風日爭禁雨。」又：「語在修眉成在目，無端紅淚雙雙落。」又：「一握鬢雲梳複裏，半庭殘日忽忽過。」又：「連理枝頭儂與汝，千花百草從渠許。」又：「遮斷行人西去道，輕軀願化車前草。」此等詞直是溫、韋，絕非專學南宋者可擬，而又非迦陵、西堂輩輕率伎倆也。所錄《篋中詞》二集，搜羅富有，議論正大，其論浙詞之病，尤為中肯。余故謂：變浙詞者，復堂也。

(26)**王鵬運**　字幼遐，臨桂人。有《半塘詞稿》。

齊天樂　秋光

新霜一夜秋魂醒，涼痕沁人如醉。葉染新黃，林凋暗綠，野色猶堪描繪。危樓倦倚，對一抹斜陽，冷鴉翻背。悵觸愁心，暮煙明滅斷霞尾。遙山青到甚處？淡雲低蘸影，都化秋水。蟹斷燈疏，雁汀月小，滴盡鮫人清淚。孤檠綻蕊，算夜讀秋窗，尚饒滋味。秋落江湖，曙光搖萬葦。

幼遐早歲官中書，與上元端木埰、吳縣許玉瑑、臨桂況周頤，更疊唱和，有《薇省同聲集》之刻。其時子疇、鶴巢，年齒已高，夔笙最年少。繼而子疇、鶴巢，相繼徂謝，幼遐又以直諫去官，客死吳下，獨夔笙屑涕新亭，棲遲海澨，而身亦垂垂老矣。廣西詞境之高，實王、況二公之力也。《四印齋詞刻》尚在京師，時僅有《東坡樂府》至戈順卿《詞林正韻》耳。其後日益增刊，遂成巨制。晚年又自訂《半塘定稿》，體備衆制，無一不工。近三十年中，南則小坡，北則幼遐，當時作者，未能或之先也。朱丈漚尹從半塘遊，而專力夢窗，其所詣尤出夔笙之上。粵使歸後，即息影吳門，嘗與小坡往返酬和，極一時盍簪之樂。迨辛壬以後，身經喪亂，詞不輕作。（朱丈嘗謂「理屈詞窮」。此雖戲言，亦寓感喟焉。）又值小坡作古，吟侶益稀，適夔笙寓滬，數過從談藝，春江花月，間及倚聲，無非汐社遺民之淚矣。因論幼遐，並及朱、況，藉見三十年來詞學之消息焉。

(27) **鄭文焯** 字叔問，漢軍。有《瘦碧》、《冷紅》、《比竹餘音》、《苕雅》諸集，晚訂《樵風樂府》。

壽樓春 秋感，次馮夢華同年韻

聽吳謳消魂。正江城角冷，雨驛燈昏。記得殘鵑啼遍，亂山紅春。明鏡老，如花人，寄故裙遙遙烏孫。念濁酒誰呼？零煙自語，愁滿一箏塵。滄波苑空林曛。漸題香秀筆，不點歌尊。最憶煙沉荒戍，月孤長門。砧杵急，悲從軍，賦楚萍飄飄無根。怎說與黃華，西風淚痕吹滿巾。

叔問於聲律之學，研討最深，所著《詞源斠律》，取舊刻圖表，一一釐正，又就八十四調住字，各注工尺，皆精審可從。至其所作詞，煉字選聲，處處穩洽，而語語纏綿宕動，清末論詞筆之清，無逾叔問者矣。道、咸以來，六十年中，南國才人，雅詞日出，審音訂律，獨有翠薇。而孫月坡掉鞅詞壇，分題唱和，不欲爲箏琵俗響。叔問以承平貴冑，接繼其武，虎山、鄧尉間，時見吟屐，較枚庵、頻伽相去不可道里計也。先是，湘中王壬秋以文字雄一世，自負詞筆不亞時彥，及見叔問作，遂斂手謝不及，始壹意於選詩。故湘社詞人，如程子大、易實甫弟兄、陳伯弢輩，咸俯首請益。而叔問臨文感發，不少假借，宦隱吳臯，聲溢四宇，晚近詞人之福，未有如叔問者也。小城葺宇，老鶴寄音，握手笑言，一如昨日，人琴俱杳，能無慨然！